BEZIEHUNGEN

RENATE BAUM

BEZIEHUNGEN

ERZÄHLUNGEN, KURZGESCHICHTEN, LYRIK

Herstellung und Verlag: BoD - Books on Demand, Norderstedt
ISBN: 978-3-7583-7268-1

INHALT

JENNY

»Pass uff die Kleene uff, Jenny! Ick muss noch mal los.«

Was das bedeutet, wenn die Mutter sagt, sie müsse noch mal los, ist sonnenklar.

*

Jenny war fast fünfzehn, zwei Monate fehlten noch. Ein auffallend hübsches Mädchen in dieser Umgebung, einer heruntergekommenen Hochhaussiedlung, die dringend eine Generalsanierung nötig hätte. Die Treppenhäuser verranzt, verdreckt, überall sorglos fallengelassener Abfall, Bonbonpapier, leere Bäckertüten und Fastfood-Schalen, benutzte Papiertaschentücher, ab und an auch mal etwas, das aussah wie ein Luftballon, aber keiner war. Die Fassaden bröckelten, im Erdgeschoss stank es hinter den Eingangstüren. Von den Aufzügen war meist nur einer in Betrieb.

*

»Ja, ja«, sagt Jenny gleichmütig und schlurft ins Bad. Mustert sich vor dem großen Spiegel, der in die Tür eingelassen ist. Das lange kastanienbraune Haar bindet sie im Nacken zusammen, geht nah an den Spiegel heran, schaut prüfend auf ihr gespiegeltes Ebenbild.

*

Sie ist ein schönes Mädchen, sagte man über sie immer wieder, aber das Schönste sind ihre Augen. Die das sagten, hatten Recht: Jennys Gesicht war auffallend ebenmäßig, ein nahezu makelloses Oval, eine wohlgeformte Nase, ein fast verführerischer Mund und – wirklich das Schönste – große Augen von einem tiefen, dunklen Blau, die einen, wenn Jenny ihr Gegenüber anschaute, in Trance versetzen konnten.

*

Nach einem Blick auf die Armbanduhr beginnt Jenny sich vor dem Spiegel zu drehen und zu wenden, auch ihre Figur ist tadellos, kleine feste Brüste, schmale Taille, nicht die Storchenbeine einer 14jährigen, sondern bereits die langen Beine einer jungen Frau. Ihr Traum, einmal Model zu werden, durch die Welt zu reisen und viel Geld zu verdienen, ist durchaus nicht unbegründet.

Zufrieden wendet sich Jenny vom Spiegel ab und geht hinüber in das Zimmer, das sie mit ihrer siebenjährigen Schwester Mathilda teilt. Mathilda schläft. Gut so. Jenny greift sich ihr kleines, buntes Dritte-Welt-Täschchen, zieht ihre Jeansjacke über, schließt leise die Tür des Gemeinschaftszimmers, die Schwester soll bloß nicht aufwachen!, und verlässt die Zweizimmer-Wohnung im achten Stock. Sie muss nicht fürchten, dass ihre Mutter vor ihr nach Hause kommen wird und feststellt, dass ihre »Große« nicht daheim ist.

Ausnahmsweise funktioniert ein Fahrstuhl. Um diese Zeit, es ist kurz vor neun, ist es im Treppenhaus ruhig. Die meisten sitzen jetzt vor der Glotze. Jenny begegnet niemandem, weder im Treppenhaus noch im Aufzug. Es ist wichtig, dass niemand sie sieht, denn, obwohl – oder weil – so viele Mieter in den zahllosen Wohnungen leben, wird viel gelauert und viel getratscht. Es wäre also durchaus möglich, dass jemand ihrer Mutter ihre, Jennys, nächtlichen Ausflüge steckt.

An der Kneipe im Hochhaus gegenüber huscht sie, nur mit einem Blitzblick hinein, vorbei. Sie weiß ohnehin, dass ihre Mutter da am Tresen sitzt, in hündisch demütiger Nähe neben ihrem Typen, der seit drei Monaten bei ihnen wohnt und mit der Mutter auf der Klappcouch im Wohnzimmer schläft. Sie weiß auch, dass die Mutter sie draußen in der Dunkelheit nur schwer erkennen könnte. Aber sie will es nicht drauf ankommen lassen.

Als sie ihr Ziel erreicht hat – den umgitterten Fuß- und Basketballplatz zwischen den Hochhäusern –, haben sich die anderen schon versammelt. Eine bunte Meute aus dem Kiez, Kumpel aus Schule und Wohnblöcken. Zwischen 13 und 17 Jahre alt. Lässig paffend, manche immer wieder mit einer Flasche oder einer Dose an den Lippen.

Als Jenny die Gittertür öffnet und den Platz betritt, erhebt sich ein freudiges »Ah, die Jenny!«, was außer einer Begrüßung auch einen Hauch Bewunderung enthält. Ein Junge, schlank, aber kräftig, kaum größer als Jenny, schwarzes Wuschelhaar, schlendert auf Jenny zu. Legt den Arm um sie und will sie küssen. Aber Jenny windet sich aus seinem Arm, empfindet das als Umklammerung und erklärt: »Nee, Ennes, keinen Bock auf Liebe!« Ein paar Jungs, die in der Nähe stehen und Jennys Satz gehört haben, lachen. Teils über Jennys Formulierung, teils über ihre grundsätzliche Ablehnung. Denn hier würden alle gern mit Jenny schlafen, hätten gern so eine attraktive feste Freundin. Da freut man sich über jeden anderen, der nicht bei ihr landen kann. Ennes wird zwar für Jennys Freund gehalten. Ist es aber nicht. Denn Jenny hat zur Zeit keinen festen Freund. Will auch keinen. Sie hatte mal was mit einem Achtzehnjährigen aus dem Nachbarhaus, das war ganz schön, der ist dann aber zum Studium in eine andere Stadt gezogen. Und das war's dann gewesen.

»Heute nix los hier«, stellt Jenny fest.

»Kann ja nich' immer was los sein«, kommentiert Nils Jennys Beschwerde.

Der große Blonde, der älter wirkt als die übrigen der Gruppe, kommt auf Jenny zu, seine Freundin Sevgi, die ihm mal gerade bis zur Schulter reicht, fest im Arm.

»Is' schon klar!«, gibt Jenny ihm Recht. »Hab aber heute keinen Bock auf nix los. Dann werd ich wohl wieder raufgehen.«

»Tu das! Niemand hält dich auf«, kontert Nils mit seiner Schmirgelpapierstimme.

Seit Jenny ihn vor einer Woche abblitzen ließ, als er sich an sie ranmachen wollte, versucht er, Jenny gar nicht zu beachten. Gelingt ihm nicht immer. Aber etwas anderes gelingt ihm: Immer, wenn er Jenny sieht, zieht er schnell seine neue Freundin ganz fest an sich in der Hoffnung, das würde Jenny eifersüchtig machen. Klappt aber nicht. Jenny nimmt die demonstrative Intimität gar nicht wahr, es interessiert sie überhaupt nicht. *Er* interessiert sie nicht.

Ein vager Handgruß in Richtung Gruppe. »Na denn, ciao, ciao, bis demnächst.« Jenny wendet sich um und geht.

Ihre Mutter – wie könnte es anders sein – hockt immer noch am Tresen, daneben nach wie vor ihr Lover. Gut so, hab ich Ruhe, wenigstens erst mal. Hoffentlich schläft Mathilda und nervt nicht wieder wie vorgestern.

Ja, Mathilda schläft tief und fest, schnarcht sogar ein wenig. Jenny lässt sich auf ihr Bett fallen und starrt an die Decke. Am liebsten würde sie für alle Zeit so liegen bleiben. Nie mehr aufstehen. Nie sich ausziehen. Vor allem nicht die Jeans.

Nach einer Weile rafft sie sich dann doch auf. Zieht sich aus. Auch die Jeans. Streift das Nachthemd über und schlüpft unter die Bettdecke. Macht das Licht aus. Hofft, dass sie in dieser Nacht allein bleibt. Wenigstens einmal – eine Nacht. Und schläft ein.

Als sie erwacht, ist es stockfinster im Zimmer. Was sie geweckt hat, ist eine raue Hand, die sich unter ihr Höschen schiebt, sich langsam vorarbeitet zu dem weichen geheimen Ort, ihn vorsichtig öffnet und ihn dann druckvoll bearbeitet. Als sie sich von der unerwünschten, peinigenden Hand befreien will – schreien kann sie nicht, sie würde die Mutter, zumindest aber Mathilda wecken –, wälzt sich der schwere Körper auf ihr Bett und ersetzt die Hand durch etwas anderes, weitaus schmerzhafter, als es durch die noch enge und zarte Öffnung in sie eindringt. Nicht einmal vor Schmerz kann sie schreien, denn er hat seine große Hand auf ihren Mund gelegt, während er in ihr tobt. Endlich – für Jenny nach einer nie endenden Ewigkeit – hört sie dicht an ihrem Ohr sein lustvolles Stöhnen. Er zieht sein nun nicht mehr hartes Werkzeug zurück und verlässt wortlos das Kinderzimmer.

Ach ja! Ich erinnere mich. So sah mein Leben vor mehr als zehn Jahren aus. Jenny denkt ungern an diese Zeit, selbst wenn sie in einem anderen, von ihrem Leben völlig unabhängigen Zusammenhang erwähnt wird, reicht die Erwähnung dieser Zeit, um sie zu verstören.

Sie weiß nicht, weshalb gerade jetzt die in Verkrustung verschlossene Erinnerung aufbricht. Wurde die Jahreszahl eines Ereignisses in den Nachrichten genannt? Ach nein, es war ein Bericht über Missbrauch, den sie nur mit halbem Ohr und halbem Kopf wahrgenommen hatte und der sich jetzt unverschämt aufdringlich in ihr Bewusstsein zwängt.

Das Telefon befreit sie aus ihren unangenehmen Gedanken. Ihre Freundin Ania, hektisch wie immer: »Jenny, du hast doch momentan keinen festen Job, oder?«

»Neeiiin«, Jenny verharrt in Habachtstellung. Wenn Ania so beginnt, muss man auf Überraschungen gefasst sein.

»Super! Ich hab grade eine Anzeige gelesen. Kunze & Frey sucht dringend ein Model für die Fashion Week. Ihr Topmodel fällt aus wegen Krankheit.«

»Kunze & was, bitte? Die kenn ich nicht. Wer soll denn das sein?« Jenny ist skeptisch. Ania hat öfter so spontane Einfälle. Sie, Jenny, hat einen losen Vertrag mit Mittermann und einigen anderen kleinen Häusern, die sie nach Bedarf immer wieder anfordern. Das reicht ihr.

»Die produzieren vor allem Kleider. Und Röcke. Alles erste Klasse! Sie wollen die neue Kollektion vorstellen. Das wär doch was für dich. Da könnte ein fester Vertrag rausspringen.«

»Vielleicht will ich ja gar keinen festen Vertrag. Mit ständigen Fototerminen, Anproben und dem ganzen Tralala. Die Buchung von Zeit zu Zeit gefällt mir ganz gut.«

»Du kannst doch nicht dein ganzes Leben mit losen Buchungen verbringen.«

»Warum nicht? Wenn's zum Leben reicht.« Jenny teilt Anias Besorgnis nicht.

»Ach, Jenny! Sei doch nicht so stur! Wenn's dir dort nicht passt, kannst du ja nach der Präsentation wieder aussteigen. Aber nutz doch wenigstens die Chance!«

»Okay. Dann gib mir halt die Daten«, stöhnt Jenny. Sie weiß, Ania wird keine Ruhe geben.

*

Also ist Jenny tatsächlich Model geworden. Es war ja schon zu vermuten, als sie 14 war. In die internationale Riege hat sie es zwar nicht geschafft, aber sie konnte von gelegentlichen Buchungen bei dieser oder jener Modefirma ganz gut leben. Mal ein Katalog, mal eine Modenschau. Im mittleren Segment war sie durchaus bekannt. Und wegen ihrer Zuverlässigkeit und Natürlichkeit geschätzt und beliebt.

*

Am Morgen, beim Aufstehen, ist der Schmerz immer am heftigsten. Vor allem Sitzen geht erst mal gar nicht. Jenny beißt die Zähne zusammen und kommt so schnell wie möglich auf die Beine. Stehen ist nicht ganz so schlimm. Im Bad entfernt sie die blutigen Reste der nächtlichen Aktion von den Schenkeln und wäscht sich vorsichtig. Ein Wunder, dass die Mutter nichts zu den Blutflecken auf dem Laken gesagt hat. Hat sie wohl für Menstruationsblut gehalten. Jenny hat auch nichts gesagt. So verliebt, wie die Mutter zur Zeit ist, hätte sie ihr sowieso nicht geglaubt. Und ihren Lover zur Rede zu stellen oder gar sich von ihm zu trennen – das war jetzt absolut außerhalb jeder Vorstellung. Da ist sich Jenny sicher.

*

Aber sie musste sich ernsthaft überlegen, wie sie diesen nächtlichen Besuchen entkommen konnte. Niemand wusste etwas von dem Horror, dem sie fast jede Nacht ausgesetzt war. Selbst ihrer besten Freundin hatte sie nichts erzählt. Der Klassenlehrerin wollte sie sich auf keinen Fall anvertrauen. Was sollte die über ihre Familie denken, wenn sie das erführe? Ja, es gab Kinderschutz-Organisationen, aber sie war doch gar kein Kind mehr. Der nächtliche Peiniger hatte ihre Kindheit jäh beendet. Viele Nächte hielt sie das nicht mehr aus.

*

»Wo haben Sie bisher gearbeitet?«, erkundigt sich die Directrice von Kunze & Frey. Jenny nennt Namen von Modehäusern, zeigt Fotos und Unterlagen. Die Directrice mustert sie kritisch von oben bis unten. »Das sieht alles ganz gut aus«, erklärt sie schließlich.

»Meint sie die Papiere oder mich?«, fragt sich Jenny.

»Aber ich muss das noch mit meiner Chefin klären«, sagt die Directrice abschließend, »wir melden uns bei Ihnen.«

Jenny ist einverstanden. Sie hat keine Eile. Es wäre ohnehin eine zusätzliche Buchung. Ganz willkommen, aber nicht unbedingt notwendig.

Zu Hause in ihrer kleinen, gemütlichen Wohnung findet sie einen Anruf von ihrem Freund Christian auf dem AB vor. Tief atmen. Muss ich zurückrufen, soll ich zurückrufen, will ich zurückrufen? Eigentlich keins von allem. Aber ich habe schon seit einer Woche nicht auf seine Anrufe reagiert.

*

Nicht ausnahmslos jede Nacht musste Jenny seine Gewalt ertragen. In der einen oder anderen Nacht erschien er nicht – vielleicht war sein Begehren zu schwach oder die Mutter war noch wach und er fürchtete, »erwischt« zu werden – und sie konnte ungestört in Ruhe bis zum Morgen durchschlafen. Und dann kam die eine entscheidende Nacht, die alles veränderte, vor allem Jennys Leben.

*

Gerade ist Jenny eingeschlafen, hat ausnahmsweise einen bunten, fröhlichen Traum, als die verhasste Hand an den gewünschten Platz kriecht und sie hochschreckt. Sie macht sich ganz steif. Stellt sich schlafend. Gerade will der Peiniger sich auf sie wälzen, als plötzlich die Tür aufgeht. Licht vom Flur fällt ins Kinderzimmer. Im Türrahmen – im Gegenlicht nur zu erahnen – die Mutter.

»Was machst du hier?«, schreit sie. Ohne Rücksicht auf die schlafende Mathilda.

Ihr Lover schreckt hoch. Rappelt sich auf. Richtet den Slip.

Baut sich auf zu voller Größe und erklärt: »Ick musste pinkeln, und da hab ick jesehn, dass Jenny noch nich schläft. Wollte nur fragen, ob alles okay is.«

Einen Moment zögert die Mutter, lässt nicht erkennen, ob sie dieser lächerlichen Erklärung glaubt. Dann fragt sie: »Und? Is alles okay?«

»Ja.«

»Dann komm jetzt ins Bett.«

Abrupt wendet sie sich um, wirft noch einen Blick über die Schulter zurück, prüfend, ob er ihr auch folgt, und stapft auf nackten, auf dem Laminat platschenden Füßen zurück zu ihrer Ausziehcouch im Wohnzimmer.

Als sich die Tür hinter dem gehassten Mann geschlossen hat, starrt Jenny mit weit aufgerissenen Augen in die Dunkelheit. Was war das denn? Hat die Mutter nicht gesehen, was ihr Typ da mit ihrer Tochter trieb? Es war doch ganz offensichtlich. Er hat doch schon halb auf ihr gelegen. So fragt man doch nicht, ob alles okay ist. Heißt das, dass die Mutter nichts sehen will. Sie, Jenny, hat es ja geahnt – oder sogar gewusst? – dass die Mutter ihr nicht glauben würde, und deshalb nichts gesagt. Nun, da alles klar ist, kann sie nicht bleiben. Sie muss weg. Denn da sie keine Hilfe bekommt, werden die nächtlichen Besuche und Torturen weitergehen. Immer weiter. Bis in alle Ewigkeit. Mindestens aber bis zum Ende der Affäre ihrer Mutter. Und wann das sein wird, ist nicht abzusehen.

*

Damals, nach diesem Vorfall, hat Jenny am Morgen die Schulsachen aus dem Rucksack genommen und ein paar Sachen zum Anziehen – Slips, T-Shirts, einen Pullover usw. – eingepackt und ist nicht in die Schule gegangen und auch nie wieder nach Hause zurückgekehrt. Ihre Mutter hat lustlos halbherzig eine Vermissten-anzeige aufgegeben, aber da zu dieser Zeit etliche Jugendliche ihr Zuhause verlassen hatten, war die Suche der Polizei nicht sehr intensiv. Jennys Mutter vermisste ihre Tochter nicht wirklich. War erleichtert, keine attraktive Konkurrenz so dicht vor der Nase zu haben. An die kleine Schwester traute sich der Lover der Mutter nicht heran, das war ihm zu heikel, denn Mathilda war noch ein Kind, und er musste befürchten, dass sie schreien und nach ihrer Mutter rufen würde.

*

Ich wusste, dass am Bahnhof Zoo immer was los ist, eine verschworene Gemeinschaft von Trebern, also bin ich dahin gegangen, erinnert sich Jenny. Ich durfte mich nur nicht von einer Polizeistreife erwischen lassen, denn die hätte mich sofort wieder zurückgebracht in die Hölle. Am Zoo ist es mir ganz gut gegangen, ich bekam schnell Kontakt zu anderen jungen Leuten, die auch von zu Hause abgehauen waren.

»Ej, du bist neu hier?«

»Ja.«

»Klar ist die neu hier, das siehste doch an den Klamotten, die sind noch sauber und gebügelt. Weshalb biste hier?«

»Kann ich nich sagen.«

»Warum nich?«

»Is zu schlimm.«

»Okay, dann war's der Stiefvater oder der Onkel, alles klar.«

Jenny erinnert sich, dass sie zwar vor Scham ganz rot geworden war, aber sich auch erleichtert fühlte, weil sie nun keine Erklärung mehr zu liefern brauchte. Ein bisschen wunderte sie sich allerdings, dass das, was sie erlebt hatte, in dieser Runde für alle so offenkundig und eindeutig war.

»Setz dich zu uns! Haste Hunger?«

»Ja, ein bisschen. Hab heute noch nichts gegessen.«

»Hier haste was, damit de nich gleich verhungerst. Aber ab morgen musste selber für dich sorgen. Klaro?«

»Klar. Und wie?«

»Na, mit Schnorren. Bistn Mädchen und ganz hübsch, da geben die Leute gerne was. Ficken für Geld wär auch noch möglich, aber das kommt wohl für dich im Moment nich in Frage.«

Die Direktheit des Jungen, der gleich auf sie zugegangen war, hatte sie gleichzeitig abgestoßen und fasziniert. Ganz schnell wurde er zu ihrem Freund und Beschützer. Wenn ich es recht bedenke, war er meine erste große Liebe, wird Jenny jetzt nach so vielen Jahren bewusst, denn, ohne dass ich es erklären musste, akzeptierte er meine Abneigung gegenüber jeder Art von Sex. Ich wollte, ich konnte mit niemandem schlafen, ich ekelte mich vor dem männlichen Geschlechtsteil, ich ekelte mich vor zudringlichen Männerfingern. Außerdem mussten die Verletzungen, die der Lover meiner Mutter mir zugefügt hatte, erst noch verheilen. Und dieser Junge, Alex, höchstens ein oder zwei Jahre älter als ich, verstand, rührte mich nicht an, respektierte meinen Ekel, nahm mich manchmal zärtlich in den Arm, wie ein Bruder, ließ aber die Finger von mir.

*

Zwei Jahre lang war der Bahnhof Zoologischer Garten Treff- und Mittelpunkt in Jennys Leben. Anfangs fiel es ihr schwer, ihren Lebensunterhalt mit »Schnorren« zu verdienen. Es kostete sie einige Überwindung, Fremde anzusprechen und um etwas Geld zu bitten. Aber mit der Zeit hatte sie immer eine neue traurige

17

Geschichte parat, die die Angesprochenen fast zu Tränen rührte,
sodass sie bereitwillig ihr Portemonnaie zückten. Sie achtete darauf,
sauber und ordentlich auszusehen. Alkohol und Drogen kamen für
sie nicht in Frage. Sie hatte das abstoßende Vorbild ihrer Mutter.
Und ihr »Beschützer« wachte über sie wie ein Bodyguard, dass
niemand sie zu irgendwelchen Substanzen verführte. Und schließ-
lich war sie ja ein ausgesprochen ansehnliches Mädchen. Wenn sie
einen Polizisten entdeckte, tauchte sie rasch in der Menge unter.
Aber es schien sie sowieso niemand zu suchen.

*

Und dann kam ein Tag, der zum zweiten Mal alles veränderte. Beim Gedanken daran muss Jenny lächeln.

Das Telefon klingelt. Jenny will eigentlich gar nicht abnehmen. Sicher wieder Christian. Was soll ich ihm sagen? Zur Zeit habe ich keine Lust auf ihn. Aber – –

Auf dem Display nicht Christians, eine fremde Nummer. Mal hören, wer das ist.

Hallo Jenny, hier ist Sibylle, Sibylle Schulz, die Directrice von Kunze & Frey. Ich hatte versprochen, Sie anzurufen. Inzwischen habe ich mit der Chefin gesprochen, sie ist beeindruckt von Ihren Papieren und Fotos und einverstanden, dass Sie erst einmal einspringen für unsere erkrankte Dame. Können Sie morgen vorbeikommen, damit wir alles besprechen, Anproben und Vertrag machen?

Jenny sagt nichts. Eine ganze Weile lang nichts. Was hat ihr Ania da bloß eingebrockt? Bis die Directrice nachhakt:

»Haben Sie es sich anders überlegt, Jenny? Kein Interesse mehr?«

»Doch, doch, natürlich komme ich morgen zu Ihnen. Wann soll ich denn bei Ihnen erscheinen, ich meine, um wie viel Uhr?«

»Wäre Ihnen 11 Uhr recht?«

»Ja, klar.«

»Wunderbar! Dann sehen wir uns morgen. Einen schönen Abend noch und bis dann. Auf Wiedersehen, Jenny!«

»Ja, auf Wiedersehen! – Sibylle!«, schiebt Jenny noch nach, aber die Directrice hat bereits aufgelegt.

Seufzend lässt sich Jenny in einen Sessel fallen. Soll sie nun Ania dankbar sein? Oder sie verfluchen? Sie ist doch gar nicht interessiert an einem festen Vertrag. Aber diese Sibylle hat da was angedeutet: »erst einmal einspringen«. Was kommt denn nach dem »erst einmal«? Dass sie sich auch immer wieder von Ania manipulieren lässt! Sie muss endlich lernen, energisch »nein« zu sagen, wenn ihr etwas nicht passt. Sie muss endlich erwachsen werden, schließlich geht sie so langsam auf die Dreißig zu.

*

Jenny lernte Ania nach einer Vorführung in einem Modehaus kennen, bei der elegante Cocktail- und Abendkleider gezeigt wurden. Jenny war als Model gebucht worden, und Ania suchte etwas Passendes für eine Hochzeit, zu der sie eingeladen war. Nach der Schau hatte Jenny die ziemlich unentschlossene Ania beraten, hatte nach eingehender Prüfung von Typ, Teint, Haar- und Augenfarbe ein schlichtes, aber raffiniert geschnittenes Midi-Kleid in zartem Lila ausgewählt. Ania hatte es anprobiert und war sofort begeistert. Sie sah auch wirklich umwerfend darin aus. Aus Dankbarkeit lud Ania Jenny danach zu einem Glas Wein in ein Gartenlokal ein. Dort blieb es nicht bei einem Glas, denn, wie sich herausstellte, hatten sie viel zu besprechen. So begann ihre Freundschaft.

*

Dass sie damals nicht »nein«, sondern »ja« gesagt hatte, war ihr Glück gewesen. Noch heute durchströmt Jenny ein warmes

Gefühl, wenn sie an diesen Tag denkt. Sie war knapp 17, lebte seit fast zwei Jahren auf der Straße und war gerade, schlendernd durch die Menschentrauben, in der Eingangshalle des Bahnhofs unterwegs auf der Suche nach edlen Spendern, als eine Frau mittleren Alters – sehr gepflegte Erscheinung, geschmackvoll gekleidet, dezent geschminkt – sie ansprach.

»Hallo, junge Dame, sind Sie schon »Sie« oder noch »Du«?«

»Das kommt drauf an.« Jenny ist schon damals nie um eine Antwort verlegen.

»Worauf?«

»Was Sie von mir wollen.«

Die fremde Frau lachte: »Ich will mich ein bisschen mit Ihnen unterhalten.«

»Dann bleibt es erst mal auch beim »Sie«.«

Wieder lachte die Fremde: »Sie wissen, was Sie wollen. Das gefällt mir. Ich möchte mit Ihnen einen Kaffee trinken. Vielleicht oben im Kranzler?«

Jenny erinnert sich – sie war misstrauisch gewesen. Wieso wollte eine wildfremde Person sie zu einem Kaffee ins Kranzler einladen. Was hatte sie vor? War das eine Falle? Sollte sie irgendwohin gelockt werden?

Die Dame hatte ihr Zögern bemerkt: »Nein, nein, keine Angst, es besteht keine Gefahr. Ich will mich nur mit Ihnen unterhalten und Ihnen eventuell, wenn Sie einverstanden sind, ein Angebot machen.«

Nun war Jenny erst richtig alarmiert gewesen. Ein Angebot? Ist das 'ne Puffmutter, die Frischfleisch braucht? Sie muss damals einen entsetzten Eindruck gemacht haben, denn die Fremde war nun auch erschrocken über ihre anscheinend irreführende Formulierung.

»Nein, bitte vertrauen Sie mir, es handelt sich um nichts Unmoralisches oder gar Kriminelles. Ich möchte nur, dass Sie mir zuhören. Danach können Sie wieder gehen, wohin Sie wollen. Ich heiße übrigens Manuela – Manuela Hinrichs.«

»Also gut«, hatte Jenny zu sich und dann zu der Frau laut gesagt. »Ich heiße Jenny.« Sie hatte sich umgeschaut und gedacht, was soll mir schon passieren mitten unter so vielen Leuten. Im Kranzler wird's auch nicht gerade leer sein.

Und so war es auch. Sie hatten Mühe, einen freien Tisch zu finden. Als die fremde Frau die Bestellung aufgegeben hatte, zog sie aus ihrer voluminösen Tasche, die Jenny gleich aufgefallen war und erstaunt hatte, weil sie zu dem Erscheinungsbild der Dame so gar nicht passte, eine Mappe, die sie auf dem Tisch aufklappte.

»Was sehen Sie hier?«, fragte die Frau.

»Hübsche Mädchen.« Sie, Jenny, hatte so ein »Album« noch nie gesehen.

»Ja, in der Tat, hübsche Mädchen. Hören Sie zu, Jenny, ich habe eine Modelagentur und bin ständig auf der Suche nach geeigneten Mädchen, denn die, die sich von sich aus bei mir vorstellen, sind meist alles andere als geeignet. Ich habe Sie im Bahnhof entdeckt und schon eine Weile beobachtet. Sie sind ein attraktives Mädchen, nein, Sie sind eine schöne junge Frau, und ich würde mich freuen, wenn ich Sie in meine Kartei aufnehmen könnte. Ich weiß nicht, was Sie sonst so machen, ob Sie noch zur Schule gehen oder schon berufstätig sind, aber wenn Sie in meiner Kartei stehen, heißt das nicht, dass Sie den ganzen Tag für mich arbeiten. Nur wenn einer meiner Kunden – überwiegend Modehäuser – Sie bucht, müssen Sie an bestimmten Terminen für den Kunden arbeiten, und danach sind Sie wieder frei.«

In ihrem Kopf hatte sich alles gedreht, als säße sie in einem Karussell, erinnert sich Jenny, für einen Moment hatte sie sogar das Gefühl gehabt, gleich ohnmächtig zu werden, aber nur für einen Moment, denn schlagartig war ihr bewusst geworden, dass hier der Glücksblitz ihres Lebens einschlug.

»Wenn Sie also Interesse haben«, hatte Manuela Hinrichs mitten in Jennys Erstarrung hinein erklärt, »dann würde ich Sie bitten, morgen gegen 10 Uhr in meine Agentur zu kommen. Hier ist meine Karte. Wir besprechen dann die Einzelheiten und machen ein paar Probeaufnahmen. Einverstanden, Jenny? Übrigens: Jenny wie?«

»Jenny Schneider.«

*

Wie in Trance war Jenny damals zu ihrer Gruppe zurückgegangen, hatte keinem etwas von ihrem Erlebnis erzählt. Den ganzen Abend und noch die halbe Nacht hatte sie gegrübelt, was sie der Agentin erzählen sollte, eine tolle Geschichte oder – die Wahrheit. Sie hatte sogar eine Freundin aus früheren Zeiten, deren Nummer aus unerfindlichen Gründen, wahrscheinlich aus Vergesslichkeit, noch in ihrem Handy gespeichert war, angerufen und nach einigem nichtssagenden Geplapper gefragt, ob sie für einen besonderen Zweck deren Adresse als ihre angeben dürfe. Die Freundin war zugleich so erstaunt wie erfreut über ihren Anruf gewesen, dass sie ohne zu zögern ja gesagt hatte.

*

Wie aufgeregt ich war, denkt Jenny, während sie aufsteht, ein Glas aus dem Schrank nimmt und es mit einem kräftigen Schwaps Martini, ihrem Lieblingsgetränk an unbesetzten Abenden, füllt.

Wieder reißt sie das Telefon aus ihren Gedanken. Diesmal wird es Christian sein, und ich weiß immer noch nicht, was ich ihm sagen soll. Ich will ihn nicht sehen, aber ich kann ihn nicht ständig hinhalten. Dann vielleicht besser, die lose Beziehung ganz zu lösen.

Aber es ist nicht Christian, sondern Ania. Die wissen will, wie es bei Kunze & Frey gelaufen ist.

»Ja, ganz gut.«

»Was heißt: ganz gut?«

»Ich kann dort einspringen.« Das »Erst einmal« der Directrice verschweigt Jenny.

»Und wann genau wirst du eingesetzt?«

»Das erfahre ich morgen.«

»Super! Was zahlen sie?«

»Das erfahre ich auch morgen.«

»Sie haben kein Angebot gemacht?«

»Nein, natürlich nicht. Doch nicht am Telefon.«

»Ach ja, klar.«

»Dann sprechen wir morgen. Ich muss jetzt weg. Hab noch einen Termin.«

»Okay. Dann bis morgen.«

Als Jenny das Gründerjahrehaus am Kudamm, in dem sich die Agentur befand, betrat, wusste sie immer noch nicht, was sie sagen sollte. Na ja, zur Not hatte sie ja die Adresse ihrer alten Freundin in der Hinterhand. Und einige teils traurige, teils witzige Geschichten.

Manuela Hinrichs erhob sich – diesmal nicht mit ihrem professionellen, sondern mit einem ehrlich freudigen Lächeln:

»Schön, dass Sie pünktlich sind, Jenny. Das schätze ich sehr. Einen schönen guten Morgen!« Nach der Begrüßung mit einem unerwartet festen Händedruck forderte sie Jenny auf:

»Setzen Sie sich! Fangen wir gleich an mit den Formalitäten.

Ihren Namen kenne ich ja bereits. Jenny Schneider. Wie alt sind Sie?«

»Nächsten Monat 17.«

»Oh«, Frau Hinrichs schaute erstaunt hoch, »so jung noch,

dann wäre ja das Du vielleicht doch noch angebracht gewesen.«
Als Jenny schwieg, fuhr sie fort:

»Egal. Nun brauche ich noch Ihre Wohnadresse, bevor wir auf
die Maße wie Größe usw. kommen.«

Jenny hatte weiter geschwiegen. Noch heute sieht Jenny den
erwartungsvollen Blick der Agentin vor sich.

Schließlich hatte sie sich ganz gerade hingesetzt, der Agentin
fest in die Augen geschaut und gesagt:

»Ich habe keine Adresse.«

»Wie? Du hast keine Adresse?«

»Nein.«

»Du musst doch irgendwo wohnen.«

»Ich wohne nirgendwo.«

»Ich verstehe nicht – du musst doch irgendwo schlafen.«

»Ich schlafe am Bahnhof Zoo.«

*

*Manuela Hinrichs hatte sich in ihrem Schreibtischsessel zurück-
gelehnt und erst einmal gar nichts gesagt. Weder ihr noch Jenny war
aufgefallen, dass sie ohne Nachfrage zum Du übergegangen war.
Nachdem sie sich von ihrem Schock erholt hatte, es war nicht ihr
Ding, lange sprachlos zu bleiben, hatte sie die Initiative ergriffen.*

*

Wieder unterbricht das Handy Jennys Erinnerungen. Diesmal
ist es tatsächlich Christian. Und diesmal drückt Jenny die Verbindung nicht weg. Diesmal meldet sie sich: »Hallo, Christian!«

»Hallo! Ist ja ein Kunststück, dich zu erreichen. Bist du so
beschäftigt?« Der ironische Unterton ist nicht zu überhören.

Er ist verletzt, zu Recht. Das ist Jenny klar. Er kennt ihre

Vergangenheit nicht, sie haben nie darüber gesprochen. Also hält er ihre Distanz für Launen eines verwöhnten Models, vermutet immer wieder mal andere Männer. Aber ich bin kein verwöhntes Model und andere Männer – das wäre ja so, als ob eine Ertrinkende immer wieder ertrinken will. Nein! Ich wünschte mir eine Welt ohne Männer. Aber die gibt es nicht. Er ist nicht der erste Mann, der von mir enttäuscht ist, und auch sicher nicht der letzte. Er liebt mich und würde alles für mich tun. Aber ich kann seine Gefühle nicht erwidern. Wenn wir miteinander schlafen, was selten genug geschieht, sich nicht ganz vermeiden lässt, fühle ich mich wie eine Hochstaplerin, eine Betrügerin, die vorgibt, eine andere zu sein, als sie in Wahrheit ist.

»Können wir uns sehen? Ich muss mit dir sprechen«, grätscht Christian in ihre Überlegungen.

»Ja, natürlich«, sagt Jenny. Ihre Stimme ist müde wie ein fallendes welkes Blatt.

»Heute Abend?«, fragt Christian.

»Nein, nicht heute.« Jenny will sich heute nicht aus dem warmen Nest der Erinnerungen vertreiben lassen. »Lieber morgen. Vielleicht am Nachmittag...?«

»Warum nicht heute? Und warum morgen am Nachmittag?«

»Weil ich heute noch einiges zu erledigen habe. Aber wenn du willst, können wir uns auch morgen Abend treffen. Im Club?«

»Nein, nicht immer im Club. Da können wir nicht reden. Entweder bei dir oder bei mir.«

»Dann bei mir.«

»Okay. Um neun?«

»Nein, komm um acht. Ich mach was zu essen.«

Essen muss nicht was Erotisches, kann etwas ganz Handfestes, Alltägliches sein, denkt Jenny. Wenn man es ohne Blumen, Kerzen und auf rustikalen Keramiktellern serviert.

*

»Das kann nicht so bleiben«, hatte Manuela Hinrichs gesagt, erinnert sich Jenny. »Ich kann es mir nicht leisten, ein Model von der Straße in meinem Katalog zu haben. Du hast wahrscheinlich einen Rucksack oder eine Tasche mit ein paar Sachen am Bahnhof?«

Jenny nickt. »Ja. Auf die passt ein Freund auf.«

»Okay. Dann wirst du jetzt zum Bahnhof gehen, die Sachen holen und zu mir zurückkommen. Wir erledigen dann hier das Geschäftliche, Maße, Fotos usw. Heute Nacht wirst du bei mir im Gästezimmer schlafen, aber dann muss ich mich um eine dauerhafte Unterkunft für dich kümmern. Ich habe da auch schon so eine Idee.«

*

Alles war fantastisch für Jenny gelaufen. Nur der (erhofft vorläufige) Abschied von ihrem Freund und Beschützer Alex und den anderen vom Bahnhof war schmerzhaft gewesen. In den zwei Jahren, die Jenny mit ihnen gelebt, gelacht und manchmal auch geweint hatte, hatte sie mit ihnen zusammen eine Familie gehabt, eine Familie ohne Vater und Mutter, aber mit vielen Geschwistern. Sie hatten sich gegenseitig unterstützt, getröstet und wieder aufgerichtet, wenn das dunkle Loch zu tief war, in das der eine oder die andere gefallen war. Obwohl sie alle, vor allem aber Alex, Jenny nicht gern ziehen ließen, freuten sie sich doch mit ihr über die glückliche Wendung in ihrem Leben, die sich ankündigte.

*

Ich habe dann tatsächlich eine Art Vorvertrag unterschrieben. Jenny hat sich einen weiteren Martini eingeschenkt und versinkt erneut in Erinnerungen, die sich immer noch angenehm warm anfühlen. Der Fotograf war ein junger Mann, sehr freundlich, durchaus attraktiv, aber das hat mich nicht interessiert. Manuela – ich durfte sie gleich so nennen – hat eine Freundin angerufen, die nach ihrer Scheidung und dem Auszug ihrer erwachsenen Kinder allein in einer riesigen Berliner Altbauwohnung wohnte.

Dort bin ich dann eingezogen. Hatte ein schönes, großes Zimmer ganz für mich allein. Die Wohnung war gigantisch. Und Manuelas Freundin sehr nett. Sie hat mir bei allen Dingen geholfen, die ich weder von zu Hause noch von meinem Leben am Bahnhof kannte. Sogar ein Konto auf ihren Namen hat sie eingerichtet und mir darüber eine Vollmacht erteilt. Ein eigenes Konto konnte ich ja als Minderjährige noch nicht eröffnen. Aber irgendwohin mussten ja die Einnahmen aus den Aufträgen der Modehäuser überwiesen werden.

Eine aufregende Zeit war das. Fühlte sich an wie eine rasante Fahrt von 0 auf 100 in zwei Sekunden. Oft war ich fest davon überzeugt, dass all diese Dinge nicht wirklich geschahen, dass ich mich in einem aufregenden Traum befand, aus dem ich bald wieder hinauspurzeln würde, um schmerzhaft auf dem harten Pflaster der Realität aufzuschlagen.

*

Nach und nach entfernte sich Jenny von dem hilflosen Mädchen, ausgesetzt aufdringlichen, widerwärtigen Fingern und einem gewalttätigen Eindringling. Aber sie entfernte sich auch von dem letztlich ziellosen Mädchen, ohne echte Bindung, vom Bahnhof Zoo. Immer weniger Gedanken galten der Vergangenheit. Sie hatte viel zu viel zu tun mit der Gegenwart. Rasch kamen die ersten Aufträge. Rasch kamen die ersten Einnahmen. Jenny wirbelte durch die Zeit wie eine wilde Tänzerin. Manuela machte die Verträge. Jenny »lieferte« und kassierte ihren Anteil.

Inzwischen war Jenny 27, hatte eine eigene kleine Wohnung, natürlich ein eigenes Bankkonto und ein – zum gegenwärtigen Zeitpunkt – gesichertes Einkommen. Manuela war immer noch ihre Agentin.

*

Nachdem Jenny mit Kunze & Frey einen Vertrag für einige Termine abgeschlossen hat, muss sie überlegen, was sie für den Abend mit Christian kochen soll. Schnelle Küche oder aufwändig? Nein, aufwändig nicht. Das würde ihm besondere Zuneigung oder gar Liebe signalisieren, ihn womöglich ermuntern, die Beziehung zu vertiefen. Und genau das will sie ja nicht.

Aber erst einmal unterbricht wieder das Telefon ihre Überlegungen. Natürlich Ania. War ja klar. Hätte mich auch gewundert, wenn sie nicht ...

»Ja, hallo!«

»Hallo Jenny! Wie ist es gelaufen?«

»Gut.«

»Hast du einen festen Vertrag bekommen?«

»Nein, nur ein paar Termine für die Messe.«

Jenny hört Ania seufzen. »Was stöhnst du, Ania? Das hab ich dir doch gestern schon gesagt. Dass sie erst mal nur einen Ersatz haben wollen. Sie müssen mich doch erst mal sehen, können nicht blind einen Vertrag auf Dauer machen.«

»Du hast ja Recht, Jenny. Aber ich hatte gehofft ...«

»Nein, das ist ok. so. Ich wollte mich auch nicht so plötzlich auf lange Zeit binden.«

»Na gut«, gibt sich Ania geschlagen. »Sehen wir uns heute Abend?«

»Nein, Christian kommt heute Abend.« Lange Pause.

Dann sagt Ania, langsam tastend: »Ich dachte ...«

28

»Du denkst richtig, Ania. Deshalb habe ich ja ein Essen bei mir vorgeschlagen.«

»Huh, na dann viel Spaß.«

Jenny lacht: »Na ja, Spaß – Spaß ist was anderes. Aber es muss sein.«

Ich werde ein Chili kochen, überlegt Jenny, als sie das Gespräch beendet hat. Das ist einfach und schnell gemacht – Hack habe ich noch im Tiefkühlfach, Tomaten und Paprika, alles da, braune Bohnen und Mais aus der Dose auch, Knoblauch und Gewürze habe ich sowieso immer – ein rustikales Essen in Keramikschalen, weit entfernt von Haute Cuisine. Und weit entfernt davon, als Aphrodisiakum missverstanden zu werden. Wenn man es nicht zu scharf würzt. Vielleicht noch zwei, drei Kartoffeln mit rein, das macht das Ganze dann endgültig zu einem Bauerngericht und nicht zu einem Liebesmahl.

Als es fünf vor acht klingelt, weiß Jenny, das ist Christian. Christian ist immer unpünktlich, zur Minusseite. Manchmal ist das ärgerlich, weil man mit den Vorbereitungen noch nicht fertig ist. Aber Jenny hat sich an diese Marotte, wie sie es nennt, gewöhnt. Für seine Verhältnisse ist Christian heute sogar unpünktlich, denn normalerweise bringt er es glatt auf 15-20 Minuten zu früh.

Da steht er also vor der Tür, mit einem großen Bauerngartenstrauß im Arm. Passend zum Chili, denkt Jenny.

»Hallo Chris! Komm rein!«

»Hallo Jenny!«

Erst einmal herrscht Schweigen, während Christian Jenny in die Küche folgt, wo sie die Blumen versorgen will.

»Warum machst du dich so rar in letzter Zeit?« Ein deutlicher Vorwurf in der Stimme.

»Erst einmal vielen Dank für die schönen Blumen. Die Wiesenblumen sind so viel hübscher und natürlicher als all das hochgezüchtete Edelzeug. Aber nun zu deiner Frage: Ich habe im Moment sehr viel um die Ohren. Gerade habe ich von einer neuen Firma ein paar Termine für die Fashion Week bekommen. Aber lass uns erst mal setzen und essen. Ich hatte dich schon erwartet und den Topf vom Herd genommen.«

»Was hast du denn Köstliches gezaubert? Das duftet ja herrlich.«

Ja, so drückt er sich aus, denkt Jenny. Ein bisschen steif, ein bisschen gestelzt, ein bisschen old fashion, aber blumig, manchmal sogar fast poetisch.

»Was ganz Einfaches, Chili con carne«, erklärt sie, während sie Christians Schale mit einer kräftigen Kelle aus dem großen Topf füllt.

»Hmm, himmlisch!«, lobt Christian nach dem ersten Löffel. »Du bist wirklich eine Spitzenköchin.

Jenny nimmt das Kompliment schweigend entgegen und löffelt ungerührt das Chili aus ihrer Schale.

»Gibt es noch etwas anderes zu trinken?«, fragt Christian, als sie das Essen beendet haben, und zeigt auf die große Flasche Mineralwasser auf dem Tisch.

Eigentlich will Jenny Alkohol heute Abend vermeiden, denn sie fürchtet, der würde ihrem Gespräch nicht guttun. Also muss sie erklären:

»Ich fand, zum Chili passt weder Bier noch Wein. Wasser passt zu allem. Das ist neutral.«

»Ja, du hast Recht. Wir können ja gleich im Wohnzimmer eine Flasche Wein öffnen. Da ist es sowieso gemütlicher als hier in der Küche.«

»Wieso? Ist es hier ungemütlich?« Jenny ärgert sich über seine Bemerkung. Schließlich ist ihre Küche im Vergleich mit anderen Neubauwohnungen relativ geräumig und, wie sie findet, sehr gemütlich eingerichtet. Ihre Freunde sitzen gern mit ihr am Abend hier an dem großen ovalen Tisch und quatschen über Gott und die Welt.

»Nein, natürlich ist es in deiner Küche nicht ungemütlich.« Christian bemüht sich, den Fehler wieder gutzumachen. »Aber im Wohnzimmer auf dem großen Sofa ist es bequemer. Da können wir auch enger zusammen sitzen. Nicht wie hier, so entfernt gegenüber.«

Sie ist heute irgendwie merkwürdig, denkt Christian irritiert. Ganz anders als sonst. So distanziert, fast abweisend.

»Ich würde gern noch in der Küche bleiben. Was ich mit dir besprechen will, geht besser hier am Tisch«, lehnt Jenny Christians Wunsch ab.

Sie bemerkt, dass aus Christians Gesicht die Farbe weicht. Ich sollte es kurz machen, ihn nicht länger auf die Folter spannen, denn es scheint wirklich eine Folter für ihn zu werden, was ich ihm sagen will und was er wohl schon ahnt.

Wie mache ich es möglichst schonend, sanft, aber doch so, dass er den Ernst, meine Entschlossenheit begreift? Ein Balancieren auf schwankendem Seil in der Höhe. Hoffentlich kommt es nicht zum Absturz.

Jenny räuspert sich, will ihre Stimme weich und angenehm machen. Aber so richtig will es ihr nicht gelingen. Also dämpft sie die Stimme zumindest:

»Christian, du weißt, dass ich dich sehr gern habe. Wir verstehen uns gut, und ich bin auch gern mit dir zusammen.«

»Ja, klar. Das muss doch nicht besonders erwähnt werden«, unterbricht Christian sie, ehe sie weitersprechen kann. »Was soll das jetzt? Das gilt doch auch für mich. Warum sagst du das? Ich verstehe nicht ...«

Oha, das wird schwierig. »Lass mich bitte ausreden, Chris!« Jenny wählt bewusst die vertraute Anrede, lässt aber ihre Stimme ein wenig fester werden: »Du weißt, zur Zeit habe ich sehr viel zu tun. Das bedeutet, dass unsere Treffen seltener werden. So selten, dass es dich unzufrieden, wie gestern am Telefon deutlich spürbar, sogar ärgerlich macht. Deshalb sollten wir in der nächsten Zeit unsere Beziehung ein bisschen ruhiger gestalten.«

Jenny schaut den Freund an, direkt, forschend. Sieht seine weit geöffneten Augen, sieht darin erst Erstaunen, gleich darauf aber Wut. »Heißt das, du willst Schluss machen?« Seine Stimme ist ungewöhnlich scharf. So kennt Jenny ihn gar nicht.

»So würde ich es eigentlich nicht ausdrücken, Chris. Was ich möchte, ist einfach ein wenig Distanz. In der letzten Zeit war zu viel Nähe zwischen uns, du wolltest mich am liebsten jeden Tag sehen. Es war, als wolltest du mich verschlingen.«

»Jetzt übertreibst du aber, Jenny!«

»Mag sein, aber so habe ich mich gefühlt.«

»Und wie stellst du dir unsere Beziehung in Zukunft vor?«

»Ich dachte an ein Treffen einmal in der Woche.«

»Und das würdest du dann noch als Beziehung bezeichnen? Ich vermute, mit deiner Freundin Ania triffst du dich öfter.«

»Das ist etwas anderes.«

»Ja, das ist Freundschaft. Und das ist es wohl, was du auch für uns vorhast. Freundschaft, keine Liebesbeziehung.«

»Wäre das denn so schlecht?«

»Nein. Aber für mich kommt das nicht in Frage.«

Stuhlquietschen auf dem gefliesten Küchenboden. Zornige Augen. Heftige Bewegungen. Ein ironisches »Schönen Dank für das Essen!« Und dann ist er weg.

Jenny atmet tief durch, erhebt sich ruhig und beginnt, den Tisch abzuräumen. Den Topf mit dem Rest Chili auf den Herd. Geschirr und Besteck in die Spülmaschine. Das war's dann wohl. Dass er es dann gleich endgültig macht, hatte ich gar nicht zu hoffen gewagt. Hatte gedacht, er würde diskutieren, kämpfen, vielleicht sogar weinen. Aber nichts von alldem. Hoffentlich überlegt er es sich nicht noch anders.

*

Jenny war zugleich erleichtert und ein wenig im Zweifel, ob sie das Richtige und das richtig gemacht hatte. Schließlich waren sie und Christian seit gut einem Jahr so etwas wie ein Paar. Vielleicht hätte sie … Ja, was? Schließlich nur »so etwas wie ein Paar«. Nie während ihrer gesamten gemeinsamen Zeit hatte sie an eine gemeinsame Zukunft bis in alle Ewigkeit gedacht, hatte es immer als etwas Vorübergehendes, als eine Zeit mit einem Anfang und einem Ende betrachtet. Und wenn sie ehrlich war: Sie hatte ihn gern gehabt, sich in seiner Gesellschaft wohlgefühlt, es genossen, jemanden an ihrer Seite zu haben, nicht allein zu sein, aber geliebt? Wirklich geliebt hatte sie ihn nicht.

*

Am nächsten Tag ist Jenny erst einmal mit anderen Dingen beschäftigt. Sie muss ein wenig Ordnung schaffen, einkaufen und sich eingehend mit der Produktpalette von Kunze & Frey beschäftigen. Am nächsten Montag beginnt die Fashion Week und ich muss noch einmal in das Modehaus zu Anproben, und um alles zu besprechen. Zum Glück sind die Firma und ich vor Ort. Also keine An- und Abreise. Reisen wäre im Moment nicht mein Ding.

Natürlich will Ania wissen, wie der Abend mit Christian gelaufen ist. In einem langen Gespräch muss Jenny Bericht erstatten. Und dann muss sie schließlich noch den Rest vom Chili essen.

Es wird ein ruhiger Abend, den sie sich mit Kater Balduin, den sie von einer Nachbarin seit einer Woche in Pflege hat und eigentlich ganz gerne behalten würde, gemütlich einrichtet. Sie geht zeitig ins Bett, denn sie will am nächsten Morgen früh aufstehen.

Als das Festnetz-Telefon – wie sie schlaftrunken feststellt: um drei Uhr in der Nacht – klingelt, zögert sie einen Moment, weiß nicht, ob sie den Anruf überhaupt annehmen soll, nimmt dann aber doch das Gerät von der Station. Auf dem Display leuchtet die Mitteilung » unbekannt «.

»Ja, hallo!«

Schweigen am anderen Ende.

»Hallo!«

Weiter Schweigen.

»Hallo! Wer ist denn da?«

Schweigen.

»Melden Sie sich!«

Dann der Besetztton.

Wütend stapft Jenny zurück ins Bett. Wenn sich jemand verwählt hat, kann er sich doch zumindest melden und sich entschuldigen. Sie ist jetzt hellwach, der Ärger sorgt dafür, dass sie Mühe hat, wieder einzuschlafen.

Am nächsten Morgen ist der nächtliche Anruf aber – fast – vergessen. Nur als Ania anruft und ein Treffen vorschlägt, erwähnt Jenny ihn kurz als Fehlruf.

*

Ein ziemlich vollgepackter Tag lag hinter Jenny. Die Besprechung bei Kunze & Frey war gut und in freundlicher Atmosphäre verlaufen, hatte sich aber länger hingezogen, als von ihr vermutet und eingeplant. Am Nachmittag hatte sie sich mit Ania getroffen und den noch sommerlich warmen Frühherbsttag in einem kleinen Straßencafé genossen. Ania hatte sie eingeladen, zum Sommerfest in ihrer Firma mitzukommen. Sie arbeitete als Programmiererin in einem mittelgroßen IT-Unternehmen. Die Firma hatte es den Angestellten freigestellt, »Anhang« zum Sommerfest mitzubringen, und da Ania zur Zeit keinen Partner hatte, fand sie Jenny als »Anhang« durchaus passend.

*

»Es wird sicher lustig.« Ania ist begeistert von der Idee.

»Ach, Ania – ich weiß nicht ...«

»Du bist doch im Moment auch solo. Da kann doch ein bisschen Abwechslung nicht schaden.«

»Ja, schon. Aber ich kenne doch in deiner Firma niemanden.«

»Na, dann lernst du die Leute eben kennen. Neue Leute kennenzulernen, ist doch ganz spannend. Und einige Typen werden dir sicher gefallen. Und einige Frauen vielleicht auch. Aber vor allem Typen, es gibt da ein paar recht interessante Exemplare.«

»Du redest von ihnen, als ob es sich um exotische Käfer handelt.«

»Na ja, ein bisschen sind sie auch so. Also: bist du nicht neugierig auf exotische Käfer?«

Als Jenny nicht antwortet, schubst Ania weiter: »Also, was ist? Allein dahin zu gehen, habe ich keine Lust. Ich gehe nur, wenn du mitkommst. – Aber eigentlich muss ich hingehen, das erwartet die Firma«, setzt sie noch nach.

»Also gut. Ich werde mitkommen. Kann ja nicht verkehrt sein, sich mal in einer anderen Umgebung umzusehen.«

»Ach, Jenny, du bist ein Schatz. Ich werde dich abholen und wir gehen dann zusammen dahin.«

Mit dem Abend-Martini setzt sich Jenny an ihren Schreibtisch, um die Unterlagen zum Abendabitur durchzusehen, die sie sich von verschiedenen Institutionen per E-Mail hat schicken lassen. Kater Balduin erwartet sie schon neben dem Notebook und macht Anstalten, sich auf ihrem Schoß niederzulassen. Ehe Jenny ihn daran hindern kann, hat er seine Absicht schon durchgesetzt.

»Das passt jetzt nicht so richtig, Baldu.« Mit der flachen Hand tatscht Jenny ein paar Male auf den Platz neben dem Notebook. »Komm, setz dich hierher. Hier kannst du sitzen.«

Wenig erfreut kehrt Balduin an den Platz zurück, den er gerade erst verlassen hat.

»Ja, super Kater! Kuscheln können wir nachher. Jetzt muss ich erst noch was tun«, lobt Jenny und streicht mit beiden Händen über Balduins dichtes braunschwarzgetigertes Fell, während der sie aus Bernsteinaugen interessiert mustert.

»Nun zu den Angeboten.«

*

Jenny war unschlüssig: Abendschule oder Fernlehrgang. Nur eines stand fest: Sie wollte unbedingt noch etwas für ihre Bildung unternehmen. Sie hatte die Schule, in der sie immer gute Leistungen gebracht hatte, am Ende der 9. Klasse – durchaus nicht freiwillig, wie wir wissen – verlassen. Die Prüfung zur Berufsbildungsreife hatte sie noch bestanden. Der Nachweis lag in ihrem ehemaligen Zuhause. Vielleicht könnte sie das Dokument aber auch von der Schule bekommen. Sie stellte fest, dass sie in keines der Programme so richtig hineinpasste. Für einen kürzeren Lehrgang war überall der erfolgreiche Mittlere Schulabschluss erforderlich. Sie musste noch einmal mit Manuela sprechen, die sie regelmäßig besuchte und mit der sie eine ausgesprochen gute, vertrauensvolle Beziehung hatte. Vielleicht konnte die ihr helfen oder sie zumindest beraten.

*

»Schluss für heute, Kater! Ich komm hier einfach nicht weiter. Komm mit in die Küche, es gibt noch dein Abendbrot. Und meins auch.«

Mit einem Blick auf die Küchenuhr stellt sie fest: »Oha, schon neun Uhr. Da muss dir ja der Magen schon sonstwo hängen.« Nachdem sie die Schüssel für Balduin gefüllt hat, macht sie sich an ihr eigenes Abendessen. Zwei Rühreier, zwei getoastete Weißbrotscheiben und aufgewärmte Erbsen von gestern. Dann gibt es auf dem Sofa die versprochenen Streicheleinheiten für Balduin und einen Streaming-Abend für Jenny. Wirklich eine spannende Serie. Ania hat sie mir empfohlen.

Eine ruhige Nacht, ein traumloser Schlaf – bis um drei Uhr das Telefon klingelt.

»Hallo, wer ist da?« Jetzt denkt Jenny nicht mehr an einen versehentlichen Fehlruf.

Schweigen.

»Hallo, melden Sie sich gefälligst!«

Schweigen.

Plötzlich ein Verdacht: »Bist du das, Christian?«

Besetztzeichen.

Halte ich das für möglich? Traue ich ihm das zu?, fragt sich Jenny. Ja, dazu ist er wohl fähig, so gekränkt und beleidigt, wie er neulich abgezogen ist, als ich ihn um ein bisschen Abstand gebeten habe. Er hat sich in der Zwischenzeit nicht gemeldet, jedenfalls nicht ganz normal, so wie üblich. Ist das jetzt seine Form von Rache? Werden diese nächtlichen Anrufe jetzt zum Ritual?

Als auch in der dritten Nacht um drei Uhr das Telefon sie hochschreckt, ist Jenny klar: Es kann sich nur um Christian handeln.

In den folgenden Nächten nimmt sie den Anruf nicht mehr an. Und schaltet Festnetz und Handy auf stumm. Denn jetzt probiert er es mit beiden Verbindungen.

Noch ist Jenny aber nicht bewusst, was hier wirklich vor sich geht.

*

Dass sie Ania auf das Sommerfest begleitet hat, hat Jenny nicht bereut. Ein wunderbarer Nachmittag und Abend, zunächst Sonne, fast ein wenig zu heiß, gerade noch erträglich, und dann der Abend in einem weitläufigen Garten, Bäume mit ausladenden Kronen, bunte Lichterketten, ein leibhaftiges Tanzorchester, Grill und jede Menge Getränke. Wie Ania es vorausgesagt hatte, lernte Jenny jede Menge neuer Leute kennen, führte jede Menge Gespräche, mal Smalltalk, mal etwas intensiver, tanzte und hatte jede Menge Spaß. Als sie tief in der Nacht mit einem Taxi nach Hause kam, nahm sie flüchtig auf der gegenüberliegenden Straßenseite eine dunkle Gestalt wahr.

*

»Jenny, war das nicht toll gestern? Ich hab dir doch gesagt, das wird lustig«, plappert Ania am nächsten Nachmittag am Telefon gleich los.

»Ja, du hattest Recht. Es war phantastisch. Und auch mit den exotischen Käfern hattest du Recht. Ausgesprochen amüsant waren die Gespräche mit ihnen.«

»Und deshalb muss ich unbedingt mit dir sprechen, Jenny. Aber nicht am Telefon. Können wir uns morgen treffen? Ist ja Sonntag, da hast du ja vielleicht Zeit.«

»Ja, schon. Worum geht's denn?«

»Ich hab doch gesagt: nicht am Telefon. Aber eins kann ich dir schon mal verraten: Du hast massig Eindruck gemacht auf einige Leute.«

»Schön.«

»Ach, Jenny, sei doch nicht immer so, so ... so nüchtern!«

»Wie soll ich denn deiner Meinung nach reagieren?«

»Na, du könntest vielleicht ein bisschen Freude zeigen.«

»Also gut, ich freue mich, dass ich offenbar positiv auf einige deiner Leute gewirkt habe.«

»Schon besser!« Ania muss lachen. »Und wie ist es nun mit einem Treffen? Morgen Nachmittag, in unserem Café?«

»Ok. Um drei?«

»Ja, perfekt. Also dann bis morgen.«

»Ja, bis morgen.«

Als Jenny nach dem Telefongespräch ohne bestimmtes Ziel aus dem Fenster sieht, fällt ihr vor dem Haus gegenüber im Schatten eines Baumes eine Person auf, an derselben Stelle, so schleicht es sich jetzt in ihr Bewusstsein, an derselben Stelle wie in der Nacht. Ob Mann oder Frau, ist im Schatten nicht klar auszumachen.

Nach der üblichen Umarmung mit Küsschen rechts, Küsschen links und der Bestellung eines Milchkaffees und eines Cappuccinos am nächsten Nachmittag sprudelt Ania, nachdem Jenny nach dem Grund für das Treffen gefragt hat, sofort los:

»Der Torsten, der große Wuschelkopf mit Brille, mit dem du dich so lange unterhalten hast, ist hin und weg von dir.«

»Und um mir das zu sagen, müssen wir uns hier treffen?«

»Nein, nicht deshalb. Er hat mich gebeten, ihm deine Handynummer zu geben; er möchte dich unbedingt wiedersehen, dich zum Essen einladen, mit dir ins Museum gehen oder so, was weiß ich, oder alles auf einmal. Ich soll dich ...«

»Ach, Ania, du weißt doch, dass ich im Moment wirklich keinen Drang habe, einen Mann näher kennenzulernen, geschweige denn eine neue Beziehung einzugehen.«

»Ja, ich weiß. Das habe ich ihm auch gesagt. Aber er hat nicht locker gelassen.«

»Hast du ihm meine Nummer gegeben?«

»Nein, natürlich nicht. Heute kann man ja zum Glück immer mit dem Datenschutz argumentieren. Aber er hat mich so lange bekniet, bis ich zugesagt habe, mich mit dir zu treffen und bei dir ein gutes Wort für ihn einzulegen.«

Jenny lehnt sich in dem zierlichen Caféhaussessel zurück und schweigt.

Warum nur tut sie sich so schwer mit neuen Bekanntschaften. Die schlimmen Erfahrungen, von denen hier niemand etwas weiß, auch Ania nicht, liegen über zehn Jahre zurück, und seitdem hat kein Mann ihr je wieder Gewalt angetan. Trotzdem meldet sich immer, wenn sie mit einem Mann zusammen ist, diese garstige, stachlige Schlange im Bauch, kriecht hoch, höher, bis in den Kopf und verschlingt jede Freude, jede Lust, lässt Schrecken und Dunkel zurück. Immer und immer wieder.

»Also gut, gib ihm meine Handynummer.«

Ania atmet auf. Lächelt Jenny dankbar an. Aber Jenny fragt sichtlich verärgert: »Was legst du dich eigentlich so ins Zeug für diesen Torsten?«

»Wir arbeiten eng zusammen an einem Projekt.«

»Ja, und? Deshalb musst du ihm bei einem Kontakt behilflich sein?«

»Nein, das ist es nicht.« Ania konzentriert sich auf den Teelöffel, mit dem sie langsam in ihrem Milchkaffee rührt. »Ich war mal mit ihm zusammen, ein paar Monate. Die Beziehung ist dann auseinandergegangen, durch meine Schuld. Ich wollte wohl etwas wiedergutmachen.«

»Und – angenommen, es entwickelt sich was zwischen uns – das würde dir nichts ausmachen?«

»Nein, im Gegenteil, ich würde mich freuen. Zwischen ihm und mir wird es nie mehr so werden, wie es mal war. Ich bin schon froh, dass wir jetzt wenigstens als gute Kollegen zusammenarbeiten können.«

Und dann steht er plötzlich direkt vor ihr. Taucht aus dem Buschwerk neben dem Weg zum Haus auf. Wie aus dem Nichts. Christian. Nach dem ersten Schreck fährt Jenny ihn an: »Bist du das mit den nächtlichen Anrufen? Und bist du das auch, der vor dem Haus Wache schiebt? Entwickelst du dich jetzt zum Stalker?«

Mit einem solchen Frontalangriff hat Christian nicht gerechnet. Er weicht ein wenig zurück: »Musst du denn so schreien, Jenny? Die Leute gucken schon.«

»Lass sie doch gucken! Sie sollen ruhig hören, dass ich hier mit einem Stalker rede.«

»Du übertreibst, Jenny. Ich bin doch kein Stalker.«

»Und wie würdest du das Verhalten eines Menschen bezeichnen, der seine Ex jede Nacht um drei anruft und immer wieder vor ihrem Haus Wache hält? Ist das in deinen Augen normal?«

»Wieso Ex? Es hat doch keiner von uns Schluss gemacht.«

»Glaubst du wirklich, dass ich nach all diesem Theater noch mit dir zusammen sein will? Ich wollte nicht Schluss machen, ich wollte einfach nur, dass wir uns nicht mehr so oft treffen. Aber jetzt habe ich auch dazu keine Lust mehr. Machs gut, Christian, und lass mich in Zukunft in Ruhe!« Brüsk wendet sich Jenny ab und nimmt den kurzen Weg zum Haus.

An der Eingangstür fängt Christian sie noch einmal ab: »So kommst du mir nicht davon, Jenny! Du kannst doch nicht einfach so Schluss machen. Hier auf der Straße. Im Stehen. Lass uns doch wenigstens noch einmal in Ruhe reden.«

»Was gibts da noch zu reden? Du hast es einfach vermasselt, Christian.« Heftig wendet sich Jenny zur Eingangstür, den Schlüssel hat sie schon in der Hand, steckt ihn ins Schloss, stößt mit dem Fuß die mit einer Spirale gehaltene Tür auf, hört den wütenden Christian: »Das ist noch nicht das Ende. Warts ab!«

Da wendet sich Jenny noch einmal um: »Wenn du mich weiter verfolgst, wirst du es mit der Polizei zu tun bekommen!«

*

In den nächsten Tagen blieb es ruhig. Kein nächtlicher Anruf morgens auf dem Display. Keine lauernde Person in Sichtweite. Die Fashion Week war erfolgreich für Kunze & Frey gelaufen, ein paar gute Vertragsabschlüsse hatte es gegeben, und das war nicht zuletzt auch der eindrucksvollen Performance von Jenny zu verdanken. Da man das sehr wohl in der Chefetage registriert hatte, hatte man Jenny einen in Jennys Augen langfristigen Vertrag angeboten, den sie aber abgelehnt hatte, weil sie, wie sie als Begründung angab, anderweitige Verpflichtungen hatte. In Wahrheit verspürte sie – sehr zu Anias Ärger – keinerlei Verlangen nach einer langfristigen Bindung an ein Unternehmen. Allerdings hatte sie ihre Bereitschaft erklärt, dann und wann, wenn Not an der Frau wäre, für eine Show einzuspringen.

*

Als das Handy die Melodie »Oh when the Saints go marching in« spielt, denkt Jenny, es sei wieder Ania, die entweder noch einmal mit ihr über ihre berufliche Zukunft diskutieren oder einfach quatschen will. Statt Anias aufgeregt heller Stimme hört sie eine angenehm dunkle zwischen Bariton und Bass.

»Hallo Jenny, hier ist Torsten, Sie erinnern sich? Der Torsten – wir haben auf der Betriebsparty eine Weile miteinander gesprochen – Ania hat mir Ihre Nummer – aber sie hat Sie gefragt, nicht wahr? Eigentlich wollte ich gar nicht anrufen – aber – –«

»Warum tun Sie's dann?«

Kurzes verblüfftes Schweigen. Dann muss Jenny lachen. Erlöstes Aufatmen am anderen Ende.

»Weil der Wunsch, Sie wiederzusehen, stärker war.«

»Das ist eine nette Art, ein Kompliment zu machen. Und wie haben Sie sich das Wiedersehen vorgestellt?«

»Ich dachte, ich könnte Sie vielleicht zum Essen einladen, und wir könnten dann unser Gespräch von der Party fortsetzen.«

»Dagegen ist eigentlich nichts einzuwenden.«

Kurz darauf meldet sich wieder das Handy. Jetzt aber tatsächlich Ania. Aufgeregt wie immer. Eigentlich wollte sie nicht gleich mit der Tür ins Haus fallen. Aber sie schafft es nicht. Schafft es einfach nicht, erst einmal ruhig und wie ganz nebenbei nach dem Befinden zu fragen und übers Wetter zu quatschen. Nein!

»Hat er angerufen?«, sprudelt sie raus.

»Wer?« Jenny stellt sich dumm.

»Na, wer schon? Torsten!«

»Ach so, der. Ja, er hat sich gemeldet.«

»Und??«

»Was und?«

»Habt ihr ein Date?«

»Ja, vielleicht.«

»Was heißt denn vielleicht?«

»Vielleicht heißt vielleicht.«

»Mein Gott, Jenny, machs doch nicht so spannend!«

»Ich mach es nicht spannend, Ania, wir haben noch nichts Konkretes verabredet. Wir werden erst noch mal telefonieren.«

»Hast du ihn ausgebremst?«

»Nein. Aber nach der Geschichte mit Christian habe ich keine Lust, mir den nächsten Mann ans Bein zu binden.«

»Hast du ihm das gesagt?«

»Ja.«

»Und wie hat er reagiert?«

»Er war enttäuscht, aber er hats verstanden. Und ich habe ihm ja auch ein Treffen in Aussicht gestellt. Denn er scheint ein cooler

Typ zu sein. Ich mag ihn. Es muss nur nicht alles überstürzt werden.«

»Okay.« Ania seufzt hörbar. »Weißt du schon, wann du grünes Licht geben wirst?«

»Am nächsten oder übernächsten Wochenende. Mal sehn.«

*

Jenny ließ sich Zeit. Ließ sich nicht von Anias flatternder Aufgeregtheit drängen. Sie genoss die Ruhe, die Abwesenheit von Christian aus ihrem Leben. Der Einsatz auf der Fashion Week war besser bezahlt worden als erwartet. Also bestand keine Veranlassung, sich bei Manuela um eine Buchung zu kümmern. Sie konnte sich zurücklehnen und ihre Zeit nach Lust und Laune gestalten. Oder auch sich wieder einmal mit ihrer Vergangenheit und den fatalen Folgen beschäftigen...

*

»Hi, Torsten!« Sie begegnen sich vor dem Kaffeeautomaten. Zufällig?

»Hi, Ania!«

»Was machst du so?«

»Dasselbe wie immer. Und du?«

»Auch.«

Unter Blubbern und Zischen ergießt sich die braune Flüssigkeit in die Pappbecher. Dampf steigt auf, hüllt die beiden für einen kurzen Moment in einen weißen Nebel. Torsten greift sich seinen Becher und wendet sich zum Gehen.

»Hast du mit Jenny gesprochen?«

»Ah, daher weht der Wind!« Torsten muss lachen. »Du hast dich nicht verändert, Ania.«

»Du hast meine Frage nicht beantwortet.«

»Ja.«

»Was ja?«

»Ja, ich habe Jenny angerufen.«

»Habt ihr ein Treffen vereinbart?«

»Eigentlich geht dich das nichts an, Ania. Nicht mehr. Aber – nein.«

»Ich weiß, dass mich das nichts angeht. Aber trotzdem – warum denn nicht? Ich hätte so gerne – – ich würde – –« Ania kommt ins Stolpern.

»Ja, ich hätte auch so gerne, aber sie hat gerade eine schwierige Beziehung beendet. Und ist noch nicht bereit für eine neue.«

»Hat sie das gesagt?«

»Ja.«

»Und wie geht es jetzt weiter?«

»Sie wird mich anrufen oder mir schreiben, wenn sie für ein Treffen bereit ist.«

»Soll ich ein bisschen bei ihr bohren?«

»Nein, auf keinen Fall, Ania! Häng dich da bitte nicht rein. Es würde alles verderben.«

*

Lange konnte Jenny ihre Ruhe nicht genießen. Manuela rief an. Aber nicht wegen eines neuen Auftrags. Sie plante ein verlängertes Wochenende in Paris und schlug Jenny vor, sie zu begleiten. Die überlegte nicht lange und sagte zu. Sie war noch nie in Paris gewesen, hatte aber immer schon davon geträumt, diese Stadt mit ihren Wirbeln, Wundern und Geheimnissen zu besuchen. Da Manuela den Aufenthalt auch geschäftlich nutzen wollte, war Jenny, wenn Manuela anderweitig beschäftigt war, allein unterwegs und genoss, schlendernd durch Straßen und Gassen, die Atmosphäre der Metropole.

*

»C'est permis, Mademoiselle?«

Jenny sitzt in Träumen und Gedanken verloren auf einer Bank am Ufer der Seine, als vor ihr ein Mann steht, ungefähr ihres Alters, na ja, vielleicht drei, vier Jahre älter, dem gepflegten Äußeren nach eher ein Herr, und fragt, das hat sie seinem Blick und seiner Geste entnommen, ob er sich zu ihr setzen dürfe. Ja, so fühlt es sich an, wenn man eine Sprache nicht versteht und nicht spricht. Hoffentlich will der Herr sie nicht in ein Gespräch verwickeln.

Jenny nickt tapfer. Vielleicht will er sich ja einfach nur ausruhen und ebenso wie sie das Treiben am Ufer und auf dem Fluss beobachten.

»C'est très beau ici, hein?«

Nein, will er nicht, er will sich unterhalten. Jedenfalls: So viel hat Jenny verstanden, dass sie noch einmal nicken kann. Sogar ein schüchternes »Oui« begleitet das Nicken. Die Schulzeit liegt in weiter Ferne, als hätte sie nie stattgefunden. Aber die Grundlagen für Französisch waren dabeigewesen, erinnert sich Jenny.

»Vous ne parlez pas francais?« Aha, er hat ihre Zurückhaltung richtig interpretiert. Denn auch diese Frage versteht sie, kann aber nur mit einem zaghaften »Non« den Kopf schütteln.

»Vous êtes allemande? Deutsche?«

Ah, jetzt kann Jenny aufatmen und mit einem deutlichen »Ja« antworten. Und sofort eine Gegenfrage stellen: »Sie sprechen Deutsch?«

»Ja, ein wenig. Nicht besonders gut. Aber ein wenig.«

*

Nach dieser etwas holprigen Eröffnung folgte nun die übliche Einleitung: das Abfragen der Personalien. Name, Wohnort, Familienstand, Beruf, Grund des Aufenthalts in Paris etc. etc. Nachdem Jenny erfahren hatte, dass es Jean-Claude ist, der neben ihr Platz genommen hat, und noch einiges mehr, verabredeten sich die beiden für den Abend. Jean-Claude wollte Jenny vom Hotel abholen und mit ihr in einem kleinen Restaurant abseits von den Touristen-Strömen, seinem Lieblingsrestaurant, essen.

*

Als Jenny Manuela von ihrer Begegnung berichtet, reagiert die auf die übliche Weise. Sie sieht sich von Zeit zu Zeit immer noch als Ersatzmutter einer kaum 17-Jährigen, obwohl die inzwischen hoch in den Zwanzigern angekommen und eine selbständige, durchaus verantwortungsbewusste junge Frau ist.

»Mein Gott, Jenny, du kannst dich doch in Paris nicht mit einem wildfremden Mann verabreden. Was kann da alles passieren!«

»Schlimmer als das, was ich von einem bekannten Mann als halbes Kind erfahren habe, kanns nicht werden, Manu. Und ich habe nicht vor, den »wildfremden Mann« – sie deutet mit den Händen in der Luft Gänsefüßchen an – irgend woandershin zu begleiten außer ins Restaurant.«

Einen Moment lang stutzt Manuela über den »bekannten Mann« und die »Erfahrung des halben Kindes«, dann aber rudert sie zurück, ohne nachzufragen. »Na ja, du bist schließlich erwachsen, Jenny, und weißt, was du tust.«

Damit ist das Thema zwischen ihnen erledigt.

Der Franzose erwartet Jenny pünktlich zur verabredeten Zeit in der Hotellobby. Als er ihr beim Gehen lässig einen Arm um die Schulter legt, fühlt sie, wie eine Welle von Unbehagen in ihr aufsteigt, sagt aber nichts. Es ist sicher nur eine freundschaftliche, quasi beschützende Geste. Beruhigt sie sich. Trotzdem geht der Atem schneller, kommt fast ins Stolpern. Sie lässt sich nicht anmerken, dass jede körperliche Nähe, fast jede Berührung durch einen Mann für sie unangenehm ist, eine Gefahr darstellt. Der Franzose würde es nicht verstehen, sie für prüde oder kapriziös halten.

In dem kleinen Restaurant in einer der vielen malerischen Seitenstraßen von Paris wird Jean-Claude fast überschwänglich begrüßt. Offenbar ist es der Chef des Hauses, der sich so über den Besuch freut. Mit großen Augen, strahlendem Lächeln und einem Kopfnicken in Jennys Richtung scheint er Jean-Claude etwas zu fragen. Jenny versteht kein Wort, ihr ist aber klar, dass es um sie geht. Jean-Claude gibt lachend Antwort.

An einem mit einem Tischtuch in den Farben blau-weiß-rot gedeckten Tisch nehmen sie Platz. Er steht am Fenster und bietet Jenny die Gelegenheit, das um diese Zeit noch immer lebhafte Treiben auf der Straße zu beobachten. Sie sitzen sich gegenüber, und so hat Jenny sowohl Jean-Claude als auch die Straße im Blick. Hat er diesen Platz bewusst gewählt? Fragt sich Jenny. Aber vielleicht ist es auch sein Stammplatz, so beliebt, wie er hier zu sein scheint.

Egal, Jenny fühlt sich wohl in dieser sicheren Distanz. Und dann auch noch mit Ausblick!

Jean-Claude mustert sie kurz, fragt nicht und bestellt dann einfach für sie beide Vorspeise und Gericht. Gemischten Salat und Entenbrust gegrillt. Und natürlich Wein. Einen Halben Rosé. Offenbar geht er davon aus, dass diese Zusammenstellung auch ihr zusagen würde.

Noch bevor der Wein gebracht wird, fragt Jean-Claude: »Gefällt Ihnen dieses Restaurant auch so gut wie mir?«

Jenny schaut sich um. Ja, das viele dunkle Holz macht es

gemütlich. Und die Lampen, die kleinen Laternen nachempfunden sind, spenden ein warmes Licht. Besonders gefallen ihr die Tischtücher in den Nationalfarben.

»Ja, es ist wirklich sehr hübsch. Und gemütlich«, bestätigt Jenny.

»Das freut mich. Ich weiß nicht, wie lange Sie noch in Paris bleiben, aber wir könnten dann hier öfter essen gehen. Wenn Sie noch eine Weile in der Stadt sind.«

»Eigentlich ist das Hotel nur bis übermorgen gebucht. Ich sagte Ihnen schon, dass ich mit einer Freundin hier bin. Wir wollten übermorgen wieder nach Deutschland, nach Berlin fahren.«

Dass es sich bei der Freundin um ihre Agentin handelt, hatte Jenny nicht erwähnt. Ebenso hatte sie ihren eigentlichen Beruf verschwiegen, hatte nur vage von »in der Modebranche tätig« gesprochen.

»Dann können wir morgen noch einmal hierhin gehen. Wenn Ihnen auch das Essen gefällt.«

Ganz schön forsch, wie er mich bereits verplanen möchte, denkt Jenny, fühlt sich aber auch ein wenig geschmeichelt, dass ein »wildfremder« Franzose sich so um sie bemüht. Deshalb stellt sie in Aussicht: »Ja, das wäre durchaus möglich.« Ihr hinreißendes Lächeln unterstreicht ihre Zustimmung.

Nachdem der Chef persönlich den Wein gebracht hat, wieder mit einem fast verschwörerischen Blick von Jenny zu Jean-Claude, will Jenny wissen: »Was hat der Chef denn vorhin, als wir kamen, zu Ihnen gesagt?«

Jean-Claude zögert, ein etwas verlegenes Lächeln gleitet über sein Gesicht. Dann gibt er etwas sehr Persönliches von sich preis:

»In der letzten Zeit bin ich immer allein hier gewesen, nachdem meine Freundin mich vor drei Monaten verlassen hat. Einfach so. Ohne ein Wort zu sagen, verschwunden.«

Jean-Claude atmet schwer, dann setzt er seinen Bericht fort:

»Pierre kannte sie natürlich, weil wir immer zusammen hier waren. Es ging mir damals sehr schlecht, und Pierre hat mich immer wieder – – wie nennt man das?«

»Getröstet?«

»Nein, noch mehr.«

»Aufgebaut?«

»Ja, das ist das richtige Wort. Er hat mich wieder aufgebaut. Deshalb hat er mich gefragt, als ich mit Ihnen hereinkam, ob diese schöne junge Frau meine neue Freundin ist.«

»Und was haben Sie geantwortet?«

Wieder das verlegene Lächeln. »Dass ich das nicht weiß. Noch nicht.«

*

Jenny war noch ein paar Tage länger in Paris geblieben. Hatte Manuelas Bedenken vertrieben, nachdem sie ihr Jean-Claude in einer Crêperie, in der sie sich mit ihm verabredet hatte, vorgestellt hatte. Jean-Claude zeigte Jenny seine Lieblingsorte, die meisten abseits von den Souvenirmeilen. Jeden Abend aßen sie bei Pierre, der die attraktive, sympathische junge Frau aus Deutschland, trotz allen sprachlichen Holprigkeiten – Jenny hatte einige Vokabeln aus ihrem Schulfranzösisch vorgekramt, ansonsten musste Jean-Claude den Dolmetscher geben – sofort in sein Herz geschlossen hatte. Für seinen Freund Jean-Claude hoffte er, dass Jenny für längere Zeit, vielleicht sogar für immer, nach Paris wechseln würde.

Aber das kam für Jenny nicht in Frage. Zwar waren Jean-Claude und sie Freunde geworden. Jenny schätzte vor allem seine Zurückhaltung: Kein einziges Mal hatte er versucht, intim zu werden, in ihrer Vorstellung erstaunlich für einen Franzosen, hatte anscheinend ihre unausgesprochene Abwehr gespürt. Aber sie war nicht bereit, sich auf eine feste Beziehung einzulassen, geschweige denn, für

*einen Mann ihr bisheriges Leben in ein neues, unbekanntes um-
zutauschen.*

*Und so verabschiedeten sie sich mit einer besonders herzlichen
Umarmung, und Jenny fuhr mit Jean-Claudes Versprechen, sie in
Berlin zu besuchen, nach Hause.*

*

In Berlin erwartet sie der gewohnte Alltag. Anrufe auf dem AB –
mehrere von Ania, die sich wundert, dass Jenny nicht erreichbar
ist, und sich sorgt, ob sie in Paris unter die Räder gekommen
ist –, keiner von Christian. Aufatmen. Diese Episode ist hoffentlich endgültig Vergangenheit. Ania ist die Erste, bei der sie sich
zurückmeldet. Die ist erleichtert, aber will nun auch alles wissen.

»Wo hast du denn gesteckt? Die ganze Zeit in Paris?«

»Die ganze Zeit in Paris!«

»Und was hast du da so gemacht? Die ganze Zeit? So allein?«

»Ich war nicht allein.«

»Manuela wollte doch nur bis Dienstag bleiben.«

»Ist sie auch. Nur bis Dienstag geblieben. Am Dienstag ist sie
wieder nach Berlin gefahren.« Jenny wehrt sich gern gegen Anias
allzu dreiste Neugier, indem sie sie erst einmal auflaufen lässt.

»Und mit wem bist du dann dort noch geblieben?«

»Mit Jean-Claude.«

Schweigen. Dann nach einem grottentiefen Luftholen: »Und
wer ist Jean-Claude?« Ania ahnt, nein, befürchtet Schlimmes.
Ihr Torsten-Vorhaben droht zu scheitern.

Jenny ist klar, was in Ania vorgeht. Zu sehr hat die sich mit
»ihrem« Torsten als Kupplerin ins Zeug gelegt. Es besteht zwar
nicht die Gefahr, dass Jenny eine neue Beziehung angefangen
hat, allerdings auch nicht die Aussicht, dass sie unbedingt eine
mit Torsten beginnen will. Und so lässt Jenny Ania noch ein

bisschen im Ungewissen. Die einzige Methode, sich gegenüber der manchmal übergriffigen, im Grunde aber durchaus liebenswerten Freundin zu behaupten.

»Jean-Claude ist ein sympathischer Franzose, der mir die versteckten Sehenswürdigkeiten von Paris gezeigt hat.«

Wieder Schweigen. Wieder Luftholen: »Wo – ich meine – wie hast du den denn kennengelernt?«

»Ich saß auf einer Bank an der Seine, und er hat mich angesprochen.«

»Aber – – kannst du denn Französisch?«

»Nein, nicht wirklich. Habs mal in der Schule gehabt. Ist aber zu lange her.«

»Und wie habt ihr euch verständigt?«

»Er spricht Deutsch.«

Wieder Schweigen. Aber kein Luftholen. Jenny hört förmlich, wie es in Anias Kopf rattert. Also: Wenn der Typ Deutsch spricht, dann ist ja eine normale Kommunikation möglich. Kein Stottern, kein Stammeln, kein Suchen nach Vokabeln, kein Erklären mit Händen und Füßen. Nichts von dem, was oft eine Liebesbeziehung lähmt und vergiftet.

Das Schweigen dauert so lange, dass Jenny fragt: »Bist du noch dran?«

»Ja, klar. Werdet ihr euch wiedersehen? Wirst du noch mal nach Paris fahren?«

»Nein. Erst mal nicht. Aber er wird irgendwann demnächst mal nach Berlin kommen.«

*

Die nächsten Tage waren gefüllt mit Anrufbeantworten und den üblichen alltäglichen Beschäftigungen. Jenny besuchte Manuela in ihrer Agentur und bekam gleich zwei Termine, einen für eine

Modenschau in einem angesagten Modehaus und einen für eine Einzelvorführung bei einer beliebten Schauspielerin in deren pompöser Wohnung. Mit Ania traf sie sich in der Mittagspause in einem Restaurant, um ihr von Paris zu berichten und sie hinsichtlich ihrer Befürchtungen zu beruhigen. Beide vermieden den Namen »Torsten«. Auf dem Anrufbeantworter hatte auch das Modehaus Kunze & Frey eine Nachricht hinterlassen und um Rückruf gebeten. Aber Jenny zögerte. Ahnte, es könnte sich um einen Vertrag über eine Dauerverpflichtung handeln. Etwas, das überhaupt nicht in ihr Leben passte. Torsten hatte nicht angerufen und Jenny wusste nicht, ob sie das bedauern sollte. Schließlich hatte er sich nur an ihre Verabredung gehalten, ihr erst einmal Zeit zu geben und zu warten, bis sie den Kontakt wieder aufnehmen würde.

*

Vielleicht ist es jetzt an der Zeit, das zu tun. Entschlossen greift sie zum Handy und wählt die erst kürzlich gespeicherte Nummer. Die Bandansage teilt mit, dass der gewünschte Teilnehmer zur Zeit nicht erreichbar sei.

Na gut, dann ein andres Mal. Sie hinterlässt keine Nachricht. Vielleicht erkennt er ja ihre Nummer. Ihren Namen, wenn er die gespeichert hat.

Ist sie enttäuscht? Ja, vielleicht ein bisschen.

Mit einem Glas ihrer abendlichen Lieblingsflüssigkeit bewegt sie sich zum Sofa, wo Balduin sie bereits erwartet. Während ihrer Paris-Reise hat eine andere Nachbarin ihn versorgt, und nach Jennys Rückkehr sucht er verstärkt ihre Nähe.

»Mach mal ein bisschen Platz, Baldu! Ich will auch hier liegen. Wir können uns den Platz doch teilen.«

Sie setzt das Glas auf dem kleinen Beistelltisch mit Majolika-Intarsien ab und schiebt den Kater sanft ein wenig zur Seite. So.

Nun kann sie sich auch dort niederlassen, zwar beengt, aber in Embryo-Seitenlage gelingt es ihr doch, sich zu entspannen. Nachdem Balduin zunächst unwillig reagiert hat, erhebt er sich, sobald sie liegt, und nimmt mit seinen Vorderpfoten auf Jennys Beinen Platz, bekundet laut schnurrend seine Zufriedenheit. Aber sie hat die Forderung verstanden, beginnt das weiche Fell zu streicheln.

»Ach Kater, immer wieder drängeln sich Männer ungebeten in mein Leben.

Du bist zwar auch ein Mann, aber du willst nichts von mir – außer ein bisschen Futter und ein bisschen Streicheln. Du bist echt genügsam. Die Männer, die mir begegnen, sind nicht so bescheiden. Bedrängen mich. Erdrücken mich. Verschlingen mich.«

Am nächsten Tag meldet sich Torsten. Hat er also doch erkannt, wer da angerufen hat. Auch ohne Spruch auf dem AB. Kampf der Gefühle. Freude und Furcht. Wird das nie aufhören? Aber schließlich triumphiert die Freude. Nach einem kurzen Geplänkel mit witzigen Sprüchen und verlegenen Lachern verabreden sie sich für das Wochenende.

Als sie sich am verabredeten Tag gegenüberstehen, gibt es keine verlegene Unsicherheit mehr. Freundschaftliche Umarmung. Luftküsschen. Gute Laune. Ohne förmliche Fragen gehen sie zum Du über. Schließlich haben sie sich ja auf der Betriebsparty ziemlich lange unterhalten. Da wird ja wohl das Du erlaubt sein.

Während sie auf dem Weg zu einem angesagten Restaurant sind, berichtet Torsten von einigen Ereignissen im Betrieb, in dem auch Ania arbeitet, und Jenny erzählt von ihrer Reise nach Paris. Einen Mann namens Jean-Claude erwähnt sie nicht.

»Wenn wir gegessen haben, bitte ich dich, mich noch zu einem bestimmten Ort zu begleiten«, sagt Torsten, nachdem sie bei einer freundlichen Serviererin ihre Bestellungen aufgegeben haben.«

»Oh, wohin denn?« Jenny ist irritiert. Sie ist keine Freundin von geheimnisvollen Überraschungen.

»Na ja, du wirst es ja sehen.«

»Du machst es ordentlich spannend.« Ein ärgerlicher Unterton schwingt in Jennys Stimme.

»Nichts Besonderes, Jenny. Wirklich nicht. Aber ich brauche dein Urteil«, versucht Torsten die Situation zu entspannen, denn er hat Jennys Verstimmung wahrgenommen.

»Es wird ja immer geheimnisvoller«, kommentiert Jenny mit einem rauen, gekünstelten Lachen. »Und wieso brauchst du ausgerechnet mein Urteil?«

»Nein, nein, da gibt es kein Geheimnis«, versichert Torsten, »und dein Urteil – das hätte ich gern, weil ich jemanden brauche, der objektiv auf meine Pläne schaut und vielleicht meine Begeisterung versteht.«

»Na gut.« Jennys Stimme ist wieder geglättet. »Ich werde dich begleiten und sehen, worum es sich handelt. Jetzt bin ich wirklich gespannt«, schließt sie, wieder heiter.

Nach einem ausgedehnten Essen mit nun beschwingtem Gespräch – kein Wort mehr über Torstens »Geheimnis« – machen sie sich auf den Weg zu eben diesem Ort. Mit Torstens kleinem Wagen sind sie in einer Viertelstunde dort. Stehen nach dem Aussteigen vor einer Reihe gesichtsloser Häuser. Jenny schaut sich suchend um. Was, bitte, ist hier so besonders oder gar geheimnisvoll? Aber Torsten schreitet ohne eine Erklärung munter an der Häuserreihe entlang bis zum Ende, wo sich in leichtem Abstand von der Häuserreihe und etwas zurückgesetzt eine kleine Villa versteckt. Anscheinend neu verputzt, leuchtend terracottafarben, aber ihr eigentlicher Zustand ist an den morbiden Fenster- und Türrahmen unschwer zu erkennen. Torsten läuft ohne Zögern auf das Haus zu, zieht aus einer Jeanstasche einen Schlüssel und öffnet die Tür.

»Du hast einen Schlüssel?« Jetzt ist Jenny wirklich verblüfft.

»Ja, bis übermorgen. Ich muss mich entscheiden.«

»Wofür entscheiden?« Jenny versteht nicht.

»Komm doch erst mal rein.«

Jenny folgt seiner Bitte. Drinnen bestätigt sich der Eindruck, den bereits Fenster und Türen geweckt haben. Das Innere des Hauses ist in einem beklagenswerten Zustand. Halb abgerissene Tapeten, ein morscher Balken, die Treppe zum Obergeschoss offensichtlich nur von Todesmutigen zu betreten und überall eine mitleidig schützende Staubschicht.

Jenny blickt Torsten fragend an. »Was ist mit diesem Haus? Wieso musst du dich entscheiden.«

»Ob ich es kaufen will. Es kostet 1 Euro, steht aber unter Denkmalschutz. Das heißt, man muss es nach Vorgaben restaurieren.«

»Ist dir klar, was hier alles zu machen ist? Und wie viel das kosten wird?«

»Ja, ich weiß, und auch, wie lange die Restaurierung dauern wird. Aber es ist doch ein hübsches Haus. Allein der Eingang mit dem kleinen Vordach und den beiden Säulen. Und vieles kann ich auch selber machen.«

»Aber wieso willst du dir dieses Mammut-Projekt antun? Du bist doch allein. Für eine Person ist das doch viel zu groß und zu teuer im Unterhalt.«

»Aber für eine Familie mit Kindern wäre es genau richtig.«

»Ja, klar. Aber noch hast du weder eine Frau noch Kinder. – – Und wieso soll gerade ich dir bei deiner Entscheidung helfen?«

»Ich dachte, du hättest vielleicht Lust ...«

»Du denkst, ich würde da mit einziehen? Ich bitte dich, Torsten, wir sehen uns heute zum zweiten Mal, kennen uns nicht, wissen nichts voneinander.«

»Ich dachte, bis zum Ende der Restaurierung wird sicher ein

halbes Jahr oder sogar ein ganzes Jahr vergehen, da hätten wir genügend Zeit, uns kennenzulernen. Und wir könnten es ja zunächst wie eine WG halten. Es sind ja zwei Etagen. Du wohnst oben im ersten Stock, ich unten im Erdgeschoss – oder umgekehrt.«

*

Jenny ließ Torsten mit seiner Entscheidung allein. Ein wenig gerührt, auch geschmeichelt war sie schon von seinem Vorschlag, im Grunde aber hielt sie ihn für völlig abwegig. Und auch ein wenig übergriffig, denn sie fühlte sich von dem Wunsch, fast der Aufforderung, ihm bei seiner Entscheidung zu helfen, unter Druck gesetzt. Zu gegensätzlich waren ihre Vorstellungen, ihre Pläne und Wünsche, das war Jenny klar geworden, als dass in absehbarer Zukunft eine engere Beziehung möglich wäre. Sie beendeten den Abend dann noch gemeinsam, aber die anfänglich erwartungsvolle Fröhlichkeit war verloren. Nach einem Club-Besuch, der die unbeschwerte Stimmung zurückholen sollte, was aber misslang, verabschiedeten sie sich mit gegenseitigem Dank für den schönen Abend und einem fast förmlichen Händedruck voneinander. Beide wussten, dass dies das Ende einer Beziehung war, die noch nicht einmal begonnen hatte.

*

Am nächsten Tag ruft Ania an, noch aufgeregter als üblich.

»Was ist passiert?«

Jenny ist dabei, die Unterlagen für das Abend-Abitur zusammenzustellen. Sie muss sich erst mal sammeln, versteht Anias Frage nicht.

»Wie, was ist passiert – was soll passiert sein?«

»Habt ihr euch gestern getroffen?«

»Wenn du Torsten meinst, ja, wir waren gestern zusammen essen und danach noch im Club.« Jenny ist jetzt wieder ganz bei sich.

»Und ist irgendwas passiert?«

»Warum fragst du?«

»Weil Torsten völlig verändert ist. Er kam heute ins Büro – total depri, kein Hallo, kein einziges Wort, hat sich sogar in seinem Zimmer eingeschlossen.«

Jenny sagt erst einmal gar nichts. Sie möchte eigentlich nicht über den gestrigen Vorfall reden, der sicher für Torsten verletzend war. Nun, da sie hört, wie sehr ihn ihre Ablehnung offenbar getroffen hat, will sie ihn noch viel weniger in Verlegenheit bringen.

Aber Ania bohrt weiter: »Irgendwas muss passiert sein. Er ist sonst nie so. Ich hab ihn noch nie so erlebt.«

Jenny seufzt. Sie wird wohl doch nicht drumherum kommen, ein bisschen mehr zu erzählen. »Wir hatten über ein spezielles Thema unterschiedliche Meinungen. Das ist alles.« Sie möchte unbedingt vermeiden, ins Detail zu gehen.

»Unterschiedliche Meinungen können doch kaum eine solche Wirkung haben. Ich meine, dass einer deshalb in Depression verfällt. Worum ist es denn gegangen?«

Sie lässt nicht locker! Jenny ärgert sich über Anias beharrliche Neugier. Zwingt sich aber zu freundlicher Gelassenheit.

»Weißt du, dass Torsten vorhat, ein Haus zu kaufen?«

»Was?! Nein, was denn für ein Haus?«

»Eine Art Stadtvilla. Ein altes, etwas heruntergekommenes Haus.«

»Wieso will er das kaufen? Und wie will er das bezahlen. Er verdient ja gut, aber nicht so viel, dass man davon ein Haus kaufen könnte. Und soviel ich weiß, hat er auch keine großen Ersparnisse.«

»Das Haus ist für einen Euro zu haben, denn es steht unter Denkmalschutz. Es ist sehr viel daran zu machen. Es muss wahrscheinlich von Grund auf saniert werden.«

»Wieso will er sich das antun?«

»Weil er denkt, für eine Familie mit Kindern wäre das ideal.«

»Aber er hat doch gar keine Familie. Jedenfalls noch nicht.«

»Eben. Das habe ich ihm auch gesagt. Er hat mich gefragt, was ich von seinem Plan halte. Als ich ihm von dem Projekt abgeraten habe, war er sehr enttäuscht.«

Jenny kann wieder mal fast hören, wie es in Anias Kopf arbeitet. Schließlich sagt Ania nur: »Merkwürdig, dass er deshalb so überreagiert.«

*

Nach diesem Gespräch wandte sich Jenny wieder den Unterlagen für das Abend-Abitur zu. Nur kurz fragte sie sich, ob Ania ihr die verkürzte Version ihres Treffens mit Torsten wohl abgenommen hatte. Es war ihr auch egal. Schließlich gab es – außer Anias Drängen und Torstens Wunsch – keinerlei Anlass, mit ihm eine Beziehung einzugehen.

Viel wichtiger war im Moment das Abend-Abi. Jenny wollte unbedingt das so lange Versäumte nachholen. Sie war gerne in die Schule gegangen, hatte sich für viele Dinge interessiert und Spaß am Lernen mit anderen gehabt. Außerdem konnte sie so der häuslichen Misere und Gewalt für ein paar Stunden entfliehen. Die Schule verlassen hatte sie, weiß Gott, nicht freiwillig!

Sie musste sich jetzt entscheiden: eine Abendschule oder eine Fern-Akademie. Bei beiden gab es Bewerbungsfristen. Die Zeit drängte. Als sie die Formulare ausgefüllt hatte, für beide Einrichtungen, denn sie dachte, es wäre sicher nicht verkehrt, sich bei beiden zu bewerben, so bestand die Chance, wenigstens bei einem Institut einen

Platz zu bekommen, entdeckte Jenny auf dem Laptop zwei Nach-
richten in ihrem E-Mail-Postfach, die sie gleichermaßen erregten.

*

»Herein!«

»Darf ich reinkommen?« Ania steckte nur die Nase durch den Türspalt, nachdem sie zaghaft geklopft und ebenso zaghaft, aber doch erleichtert die Tür geöffnet hatte, weil die heute nicht mehr abgeschlossen war.

»Ja, komm rein«, forderte eine etwas raue Stimme sie auf.

»Hallo Torsten, geht es dir heute besser?« Ania nahm unaufgefordert am Schreibtisch auf dem Stuhl ihm gegenüber Platz. Und ohne seine Antwort abzuwarten, fragte sie weiter: »Was war denn gestern los mit dir?«

»Was soll denn los gewesen sein?«

»Na, du hast nicht mal »Guten Morgen« oder »Hallo« gesagt, bist gleich in deinem Zimmer verschwunden und hast abgeschlossen. Und ein Gesicht hast du gezogen, zum Fürchten!«

»Ich brauchte meine Ruhe.«

»Ha, ha, ha! Das ist ja wohl nicht dein Ernst.« Da Torsten schweigt, bohrt Ania weiter: »Du hast dich am Sonntag mit Jenny getroffen?«

Torsten schweigt weiter. Sitzt mit gesenktem Blick, Arme auf dem Schreibtisch. Schweigt.

»Was ist das für eine Geschichte mit einem Haus, das du kaufen willst? Mir hast du gar nichts davon erzählt.« Ania gibt keine Ruhe.

Torsten schreckt hoch: »Hat Jenny mit dir darüber gesprochen?«

»Ja. Ich hatte sie nach eurem Treffen gefragt.«

»Was hat sie gesagt?«

»Sie hat gemeint, dass sie entscheiden sollte, ob du das Haus kaufst. Und dass sie dir abgeraten hat. Aber wieso sollte sie überhaupt entscheiden?«

»Hat sie das nicht gesagt?«

»Nein.«

»Dann geht dich das auch nichts an.«

»Aber wieso bist du so – so – so total depri gewesen, nur weil Jenny dir von dem Hauskauf abgeraten hat?«

Torsten verschwindet wieder in Schweigen. Beschäftigt sich eingehend mit Daten auf seinem Monitor. Ania bleibt nichts anderes übrig, als pikiert mit einem gemurmelten »Blödmann« den Raum zu verlassen.

*

Die eine Mail war kurz und knapp: Jean-Claude kündigte seinen Berlin-Besuch an. Während sie sie las, kämpften wieder einmal widerstreitende Gefühle in Jenny. Ja, sie freute sich, den Freund aus Paris wiederzusehen. Aber fand diese Reise nicht ein wenig überstürzt statt? Sie war doch erst vor kurzem in Paris gewesen, zwei Wochen war das her. Was wollte er von ihr? Einen geschäftlichen Grund hatte er nicht erwähnt. Nur Datum und Uhrzeit der Ankunft am Flughafen mitgeteilt. Also wollte er wohl nur sie besuchen.

Jenny musste tief durchatmen, um sich von der Enge, die sie in sich fühlte, zu befreien.

Die andere Mail war lang, mehr ein Brief als eine E-Mail. Und kam von Christian.

*

Stirnrunzeln. Galoppierender Herzschlag. Enge und Atemnot, während Jenny diesen Erguss aus Entschuldigungen, Anklagen und Beschwörungen liest. Am Ende des Briefes fleht Christian sie an, die Beziehung wieder zu beleben. Sie waren doch ein so schönes Paar! Sie hatten sich doch so gut verstanden! Sie hatten doch so viel gemeinsam! Sie hatten sich doch so geliebt!

Nichts davon ist wahr, Christian. Jenny weiß nicht, als sie sich ein wenig beruhigt hat, ob sie laut lachen oder wütend schreien soll. Er begreift es einfach nicht, dass es aus ist zwischen ihnen.

Wie soll sie auf diese Mail reagieren? Soll sie sie ignorieren? Das würde Christian, wie sie ihn kennt, sicher zu weiteren und noch heftigeren Reaktionen befeuern. Aber was soll sie antworten? Wenn sie seinem Ansinnen eine Absage erteilt – ganz egal, ob vorsichtig und einfühlsam oder gleich ziemlich schroff –, wird er vermutlich auch ausrasten. Und wenn sie ein Treffen für ein Gespräch anbietet, kann er das für einen möglichen Neuanfang der Beziehung halten.

Vielleicht frage ich Manuela. Sie hat mir schon öfter einen guten Rat gegeben.

Jetzt muss ich erst mal die Anmeldung zum Abendkurs fertig machen. Jenny geht zum Schreibtisch, wo Balduin auf dem Schreibtischsessel schlafend auf sie wartet.

»Oh nein, Baldu! Das ist nicht dein Platz, das ist meiner.« Balduin macht keine Anstalten, sich fortzubewegen, schaut sie nur mit großen Augen an, gähnt.

»Hör mal, Baldu, ich muss jetzt hier was arbeiten. Komm runter da!«

Da Balduin sich noch immer nicht rührt, beugt sich Jenny zu ihm runter, packt ihn vorsichtig, reibt ihr Gesicht an seinem weichen Fell, trägt ihn zu seinem Korb und lässt ihn sanft auf das Kissen nieder. Wider Erwarten lässt sich Balduin das gefallen, strampelt sich nicht frei, krallt und beißt nicht. Jenny wundert sich, denn die Nachbarin, Balduins Frauchen, hat ihr erklärt, dass ihr Kater es hasst, auf den Arm genommen zu werden, dass er sich dann wütend wehrt, kratzt und beißt.

»Du bist ja gar kein Wilder«, spricht Jenny leise zu Balduin, streichelt ihm sanft über Kopf und Rücken. Der Kater rollt sich zusammen, schnurrt und schläft weiter.

*

Jenny hatte sich für eine Einrichtung, die Fernunterricht anbietet, entschieden. Tagsüber eine Schule zu besuchen, das war trotz ihrer losen Verpflichtungen einfach nicht möglich. Und auch am Abend regelmäßig zu einer bestimmten Zeit in einer Schule oder am Computer zu sitzen, erschien ihr nicht machbar. Da war ein Fernistitut, bei dem man sich unabhängig von Schulabläufen und Tageszeiten selbstbestimmt auf das Abitur vorbereiten konnte, eine hervorragende Alternative. Zu jeder Tages- und Nachtzeit könnte sie sich mit dem Unterrichtsstoff beschäftigen. Niemand würde sie drängen, obwohl sie natürlich vorhatte, die Prüfung so schnell wie irgend möglich abzulegen.

Nachdem sie die Bewerbungsunterlagen abgeschickt hatte, musste sie sich erst einmal gedanklich mit dem bevorstehenden Besuch von Jean-Claude beschäftigen.

*

Die Maschine der Air France landet pünktlich auf dem Flughafen BER. Jenny hatte überlegt, ob sie Jean-Claude dort abholen sollte, sich aber dagegen entschieden. Seit ihren Tagen in Paris haben sie ein paar Nachrichten über WhatsApp ausgetauscht, die aber nie über kurze Infos zum jeweiligen Befinden hinausgingen. Und die E-Mail enthielt nur das Datum und die Landezeit des Fliegers. Also sieht Jenny keinen Anlass, ihn wie einen heimkehrenden Geliebten zu empfangen.

Da sie auch nicht weiß, in welchem Hotel er gebucht hat, beschließt sie, einfach abzuwarten, bis er sich meldet.

Als am Abend kurz nach 10 das Handy summt und Jenny die Nummer erkennt, wieder das Gefühl der Enge. Freude und Angst. Tief durchatmen.

Jean-Claudes warme Stimme sorgt dafür, dass die Enge sich löst. Er ist ja wirklich ein angenehmer, sympathischer, sogar liebenswerter Mensch. Aber – er ist ein Mann...

Sie verabreden sich für den nächsten Tag. Jenny will ihm Berlin zeigen. Das seit einigen Jahren mauerlos ist und einer fast gewaltsamen Schönheitsoperation unterzogen wird.

»Warst du schon mal in Berlin?«, fragt Jenny, als sie durchs Nicolai-Viertel schlendern.

»Ja. Aber nur ganz kurz. Zu einem Kongress. Ich hatte kaum Zeit, die Stadt zu besichtigen. Damals war alles noch ziemlich grau und trist.«

»Ja, jetzt nach der Wiedervereinigung wird alles im Galopp restauriert und Farbe ohne Ende aufgetragen. Aber das Nikolaiviertel wurde schon zu DDR-Zeiten rekonstruiert und renoviert. – Wollen wir hier einen Kaffee trinken?«

»Gute Idee.«

Als sie sich an einem Zweiertisch gegenüber sitzen, nimmt Jean-Claude Jennys Hände und schaut sie prüfend an.

»Du bist anders, Jenny. Anders als in Paris. Nicht so, so – wie sagt man – fröhlich, heiter. Warum? Was ist passiert?«

»Paris war Urlaub, Berlin ist Alltag«, versucht Jenny sich herauszureden.

»Aber jetzt sind wir beide hier zusammen, kein Alltag, Urlaub auch in Berlin.«

Jenny lacht kurz auf. »Ja, so kann man das auch sehen!« Jenny steckt fest in ihrem Unbehagen. Sie kann ihm doch nicht sagen, dass sie eigentlich keinen Mann an ihrer Seite haben möchte.

Nicht jetzt. Und wann? Das weiß sie nicht. Was sie weiß, ist, dass er ihretwegen nach Berlin gekommen ist und sich vermutlich Hoffnung macht. Hoffnung, dass aus der Freundschaft eine Beziehung werden könnte.

Jenny bleibt eine Erklärung schuldig, bemüht sich aber nun um eine »fröhlichere«, »heiterere« Stimmung, wie Jean-Claude sich das offenbar wünscht, und es gelingt ihr schließlich tatsächlich, auf seinen leichten Unterhaltungston einzugehen. Mit kleinen ironischen Bemerkungen, aber auch mit einigen ernsten Anmerkungen über den Zustand der Welt und der Gesellschaft.

»Kommst du noch mit ins Hotel auf einen Aperitif?«, fragt Jean-Claude, als sie das Café verlassen haben. Jenny nickt, obwohl ihr klar ist, worauf sie sich da vielleicht einlässt. Aber sie kann doch nicht immer und immer wieder die Furcht das Begehren besiegen lassen. Irgendwann muss das doch mal ein Ende haben! Sie hat doch keine schlechten Erfahrungen mehr gemacht, auch mit Christian nicht. Aber auch mit ihm hatte jedes seltene Mal große Überwindung gekostet.

Bei dem Aperitif bleibt es natürlich nicht. Es folgt ein ausgedehntes Abendessen im Hotelrestaurant. Und dann die unvermeidliche Frage: »Kommst du noch mit rauf ins Zimmer?«

Sie hat es ja gewusst. Und das Begehren siegt über die garstige, stachlige Schlange im Bauch.

*

Jean-Claude war sanft und rücksichtsvoll. Keine Frage. Nach einem Glas Champagner, den er aufs Zimmer bestellt hatte, trug er sie vorsichtig auf das ausladende französische Bett. In Windeseile war er ausgezogen. Legte sich neben Jenny aufs Bett und begann, nun sie langsam auszuziehen. Die Knöpfe ihrer Seidenbluse ließen sich leicht öffnen. Seine Hand streichelte ihren Hals, tastete sich weiter

*nach unten zu den kleinen, runden Erhebungen auf Jennys Brust,
die er reizte, bis Jenny leise aufstöhnte. Beim Öffnen des Reißver-
schlusses am Rock half Jenny ihm. Schließlich lag sie da, nur noch
mit Hemdchen und Slip bekleidet.*

*

Jenny genießt seine Zärtlichkeiten. Ist fast schon ein bisschen
verliebt. Will ihn...

Aber als seine Hand sich sanft unter ihr Höschen schiebt, stößt
sie einen leisen Schrei aus und springt aus dem Bett. »Nein, nein!
Ich kann das nicht!« Und als sie die Ratlosigkeit in Jean-Claudes Gesicht sieht: »Verzeih mir. Bitte! Du kannst das nicht verstehen. Aber ich kann es einfach nicht.«

Jean-Claude ist irritiert, weiß ihre heftige Reaktion nicht zu
deuten, ahnt aber, dass irgendetwas Schlimmes in Jennys Vergangenheit geschehen sein muss. Ebenso wie Jenny zieht er sich
wieder an. Dann verlassen sie das Zimmer.

»Noch einen Kaffee?«, fragt Jean-Claude. Jenny nickt
stumm.

In der Hotelbar beim Kaffee beginnt Jenny: »Es tut mir so
Leid, Jean-Claude. Du bist enttäuscht, ich weiß, aber – –«

»Nein, Jenny, du musst jetzt nichts erklären. Alles ist gut. Mir
ist klar, irgendetwas Böses muss dir passiert sein. Wir treffen uns
morgen wieder, und du überlegst inzwischen, ob du mir sagen
willst, was es war. Was passiert ist. Vielleicht kann ich dir helfen.
Und jetzt begleite ich dich noch zum Taxistand, du fährst nach
Hause und versuchst zu schlafen.«

Jenny hat Tränen in den Augen. Dieser Mann ist so verständnisvoll, so rücksichtsvoll, wie sie es bisher nur bei einem einzigen
Mann erlebt hat, der noch gar keiner war...

Als sie das Hotel verlassen, springt aus einer Lücke zwischen zwei parkenden Autos ein Mann hervor und stürzt sich auf Jean-Claude.

»Ich hab es gewusst, ich hab es gewusst, du hast einen andern, du Schlampe!« schreit Christian und schlägt auf den entsetzten Jean-Claude ein. Jenny versucht, ihn von seinem Tun abzubringen, schreit nun auch, aber unbeirrt prügelt er weiter auf Jean-Claude ein, bis ein Security-Mann des Hotels eingreift, über Funk die Polizei ruft, Christian von Jean-Claude wegzerrt und festhält. Kurze Zeit später ist das Schauspiel beendet. Zwei Polizisten verlassen mit Christian die Bühne.

*

Das war's dann. Wieder einmal. Eine Beziehung beendet, bevor sie wirklich begonnen hatte.

Jean-Claude brachte Jenny zum Taxistand. Beide waren zu verstört, um etwas zu sagen. Als Jenny im Wagen saß, verabschiedete sich Jean-Claude mit einem kurzen »Ich ruf dich morgen an« und ging zurück ins Hotel. Jenny war noch zu benommen von dem Überfall, um einen klaren Gedanken fassen zu können.

Am nächsten Tag meldete sich zunächst die Polizei. Der Beamte, der den Sachverhalt und die Personalien der beteiligten Personen aufgenommen hatte, wiederholte seinen Rat, Anzeige gegen den gewalttätigen Mann zu erstatten.

Dann kam der von Jenny bereits erwartete Anruf von Jean-Claude. Nach einigem unbeholfenen Stottern, das sein Entsetzen über den Vorfall am Abend zuvor ausdrücken sollte, hatte er sich dann gefasst und teilte Jenny mit, dass er am Abend abreisen würde. Seinen lauwarm vorgebrachten Vorschlag, sich noch einmal zu einem Kaffee zu treffen, lehnte Jenny höflich ab. Sie wollte keinen Gummiband-Abschied, sondern einen klaren Schnitt, wenn er offenbar eine Beziehung an einem Geschehen wie dem erlebten

scheitern ließ. Denn nicht sie hatte ihn angegriffen. Sie war schließ-
lich selbst, ebenso wie er, Opfer gewesen. Wenn auch nicht tätlich,
aber mit Worten verletzt worden.

Mit einer Mischung aus Bedauern und Erleichterung beendete
sie das Gespräch.

*

Zwei Tage später trifft sie sich mit Ania in ihrem Stammcafé.

»Hast du ihn angezeigt?«, will Ania wissen.

Jenny nickt. »Ja, es blieb mir gar nichts anderes übrig. Wenn ich es nicht getan hätte, wäre es immer so weitergegangen. Und wer weiß, vielleicht hätte er demnächst auch mich angegriffen. Nicht nur mit Worten ...«

Betont nebenbei wagt Ania einen Vorstoß: »Mit Torsten würde dir sowas nicht passieren.«

»Wieso? Christian könnte doch ebenso auf Torsten losgehen.«

»Nein, das meine ich nicht. Torsten würde nie auf den neuen Lover seiner Ex losgehen.«

»Woher willst du das wissen?«

»Ich habs erlebt.«

»Du hast es erlebt?«

»Ja«, eigentlich ist es Ania peinlich, darüber zu sprechen, aber schließlich will sie ja versuchen, Torsten für die Freundin doch noch attraktiv zu machen. »Ich hatte ihn verlassen, was ihn sehr schwer getroffen hat, das wusste ich. Aber ich hatte mich in einen anderen verliebt, und mit dem hat mich Torsten gesehen, als wir Arm in Arm die »Linden« runtergeschlendert sind. Er ist an uns vorbeigegangen, hat mit einem freundlichen Kopfnicken gegrüßt, und weg war er.«

»Na ja, ist vielleicht auch eine Frage des Temperaments.«

Ania weiß nicht, ob sie darauf antworten soll. Schließlich gibt sie zu: »Ja, Torsten ist sicher ein sehr ruhiger Typ.«

»Dann war das wohl auch für dich der Trennungsgrund«, vermutet Jenny.

»So genau weiß ich das gar nicht«, wiegelt Ania ab. »Kann sein. Darüber hab ich mir keine Gedanken gemacht. Ich hab mich einfach in einen anderen Typ verliebt. Das wars.«

»Ania, ich weiß worauf du rauswillst. Aber, bitte, akzeptiere, dass ich zur Zeit keinen Bedarf an einer festen Beziehung habe. Und es ist auch gar nicht klar, dass das mit Jean-Claude eine Beziehung geworden wäre. Eher nicht. Mit seinem Blitzbesuch hat er mich überrumpelt. Ich hatte ihn nicht darum gebeten.«

»Hast du dich gar nicht gefreut, dass er anscheinend so begeistert von dir ist?«

Jenny seufzt. »Ja, ich bin da hin- und hergerissen. Einerseits fühlte ich mich schon geschmeichelt, andererseits hatte ich Angst, er könnte mir zu nahe kommen.«

Ania schüttelt den Kopf: »Was für seltsame Ängste sind das denn?«

»Das kannst du nicht verstehen.«

*

Natürlich konnte Ania das nicht verstehen. Jenny hatte noch nie mit irgendjemandem über ihre Spätekindheits-Folter gesprochen. Nicht mit Manuela, nicht mit Ania, nicht mit Christian, mit niemandem. Niemand wusste, was sie erlebt hatte. Der Einzige, der es von sich aus gleich erkannt hatte, war Alex gewesen, Alex vom Bahnhof Zoo.

*

Auf dem Weg nach Hause sieht Jenny an der Bushaltestelle auf der gegenüberliegenden Straßenseite eine Person, deren Anblick ihr alles Blut aus den Adern zieht. In Begleitung eines Mannes, eines anderen als den, den sie kennt. Jenny hofft, dass die Person sie nicht gesehen hat, will rasch, ohne einen weiteren Blick zu riskieren, weitereilen. Aber schon ertönt über die Straße ein gellender Ruf:

»Jenny??«

Und als Jenny nicht stehenbleibt: »Jenny, Jenny, bist dus? Mein Jott, bleib doch mal stehn!«

Und schon hastet die Person über die Straße, lässt ihren verdutzten Begleiter einfach zurück, hetzt Jenny hinterher. Die gibt schließlich auf und bleibt stehen.

»Was willst du?«, fragt Jenny, als die Person vor ihr steht. Das Wort »Mama« kommt ihr nicht über die Lippen. Das Wort »Mutter« erst recht nicht.

»Wo haste denn jesteckt? All die Jahre! Warum biste denn einfach abjehaun damals? Die Kleene hat dich so vermisst.«

Also nur die »Kleene«, schießt es Jenny durch den Kopf. Mathilda, die inzwischen auch schon 20 sein dürfte.

»Du weißt genau, weshalb ich abgehauen bin.«

»Nee. Woher denn?«

»Du hast es doch selber gesehen.«

»Wat denn, Jenny?«

»Wie sich dein damaliger Lover auf mich gewälzt hat.«

»Det gloob ick nich. Det kann nich sein.«

»Jede Nacht! Jede Nacht ist er zu mir gekommen!« Jetzt wird Jenny laut, schreit fast. »Jede Nacht hat er mich befummelt und sein Ding in mich reingesteckt. Einmal hast dus doch gesehen. Ich kann nur hoffen, dass er Mathilda verschont hat, nachdem ich weg war.«

»Det is nich wahr, Jenny, det bildste dir ein. Er hat doch immer neben mir jeschlafen. Det hätt ick doch jemerkt, wenn er uffjestanden wär.«

»Du hattest einen guten Schlaf. Nach viel Alkohol.«

»Wat sachste denn da, Jenny? Willste saren, ick war'n Alki?«

»Ja! Und jetzt lass mich in Ruhe. Ich will dich nie wieder sehen und nie wieder etwas von dir hören.«

*

Zu Hause sank Jenny schwer atmend in einen Sessel, blieb eine ganze Weile regungslos, mit starrem Blick, ohne etwas wahrzunehmen. Nicht einmal Balduin, der auffordernd schnurrend um ihre Beine strich, bekam ihre Aufmerksamkeit. Zu verstört hatten sie der Überfall und noch mehr die unverschämte Leugnung ihrer Mutter.

Nachdem sie sich einigermaßen beruhigt, dem Kater endlich auch das erbettelte Streicheln geschenkt hatte, ging sie in die Küche, füllte ein Glas mit Martini und stürzte es in zwei großen Zügen hinunter. Ganz gegen ihre Gewohnheit, sich erst am Abend ein Glas oder auch zwei zu gönnen.

»So, das musste jetzt sein, Baldu. Jetzt geht es mir wieder besser«, erklärt Jenny dem Kater und nimmt wieder im Sessel Platz. Sie hätte gern mit jemandem über ihre Begegnung gesprochen, aber da niemand eine Ahnung von ihren Kindheitsleiden hat, ist das nicht möglich. Wie sehr einem eine vertraute Person fehlen kann... Das kurz aufgetauchte Bedauern verbannt sie schnell wieder aus ihren Gedanken.

Allein zu Hause bleiben möchte sie nicht an diesem Abend. Eigentlich warten auf dem Schreibtisch die ersten Aufgaben für das Abend-Abitur auf sie. Aber dazu fühlt sie sich heute nicht in der Lage.

Sie könnte Ania anrufen und einen Gang durch die Clubs vorschlagen. Aber Ania passt heute nicht zu ihrer Stimmung.

Lieber wird sie sich ganz allein auf den Weg machen. Erst ein bisschen Wut und Unruhe weglaufen und dann nicht in ihren »Stamm«-Club einfallen, dort könnte sie auf Ania treffen, sondern einen anderen wählen.

*

Als Jenny den Club betrat, war noch nicht viel Betrieb. Sie setzte sich an den Tresen und bestellte einen Campari Orange. Den Barkeeper kannte sie nicht, vielleicht war er neu, vielleicht war er auch immer, wenn sie – selten genug – mit Ania diesen Club besucht hatte, nicht im Dienst. Er verbreitete gute Laune, verwickelte Jenny in einen witzigen Schlagabtausch und rief zwischendurch den Neuankommenden eine fröhliche Begrüßung zu. Der DJ war noch mit den Vorbereitungen beschäftigt, zu früh und zu wenig Gäste, um mit dem Programm schon zu beginnen. Der Campari und das Geplänkel mit dem Barmann drängten den Schrecken des Tages in entlegene Winkel des Bewusstseins.

*

Als der Barkeeper einen neuen Gast besonders erfreut begrüßt, dreht sich Jenny um, will sehen, wer das ist – das Blut schießt ihr in den Kopf, und auch der Gast bleibt wie erstarrt stehen –

»Jenny?«

Sie kann nichts sagen, nur nicken. Auch sie hat ihn sofort erkannt, trotz all der Jahre.

Der Mann findet als Erster die Sprache wieder. »Mein Gott, Jenny, ich habe gedacht, ich seh dich nie wieder, und nun sitzt du einfach in meinem Stamm-Club am Tresen.«

Jenny rutscht von ihrem Barhocker runter, geht auf den Mann zu, umarmt ihn unter Tränen, kann nichts sagen außer »Alex!«

»Komm, wir setzen uns an einen Tisch und reden, solange es hier noch ruhig ist.« Alex hat schnell den anfänglichen kleinen Schock überwunden. Kann wieder normal und praktisch denken und sprechen. Jenny ist immer noch stumm, nickt nur.

*

Auch Alex hatte Glück gehabt. Kurz, nachdem Jenny die Gruppe verlassen hatte, war er von einem Mann angesprochen worden, der ihn gebeten hatte, ihm zu helfen. Eine schwere Kiste sollte von einem Lieferwagen in das Museum für Fotografie transportiert werden. Der Mann hatte aber keine Sackkarre im Kofferraum. Hatte sie einfach vergessen in seiner Spedition. Während und nach dem Transport sprach er mit Alex, stellte fest, dass er weder betrunken noch auf Droge war, und fragte ihn am Ende der Unterhaltung, ob Alex nicht Lust hätte, in seiner Spedition Hilfsarbeiten zu übernehmen. Alex hatte die Chance sofort erkannt und zugesagt. Zunächst konnte er in einem kleinen Abstellraum auf dem Gelände der Spedition wohnen, bis er ein Zimmer in einer WG gefunden hatte.

Die Beziehung zum Chef, der, wie sich herausstellte, der Mann mit der Kiste gewesen war, entwickelte sich sehr günstig für Alex. Er wurde nach Kräften gefördert, nach und nach in alle Geschäfte der Firma eingeweiht, stieg rasch auf, übernahm Verantwortung. Da der Chef keine Nachkommen hatte, bestimmte er, nachdem Alex eine Ausbildung absolviert und die Prüfung bei der IHK abgelegt hatte, ihn zu seinem Nachfolger. Nun war der Chef vor kurzem plötzlich und unerwartet gestorben, und Alex hatte die Firma übernommen.

*

Während Alex lebhaft, vor Freude überdreht seine Erlebnisse schildert, versucht Jenny, die Fassung zurückzugewinnen. Stumm vor Glück. Sie kann es kaum glauben, dass gerade an diesem düsteren, bitteren Tag auf die Begegnung mit ihrer Mutter nun eine so wunderbare Wendung folgt. Alex, der einzige Mensch auf der Welt, der weiß, was ihr angetan wurde. Der sie beschützt hat. Ihre Zurückhaltung geachtet und sie vor Alkohol und Drogen bewahrt hat. Den sie seit jener Zeit immer wieder vermisst hat. Aber nie gehofft hat, ihn jemals wiederzufinden.

Es ist gut, dass Alex erzählt. So kann sich Jenny auf seine Geschichte konzentrieren. Muss nicht selber sprechen. Zu groß ist noch ihre Verwirrung, als dass sie jetzt ruhig und zusammenhängend erklären könnte, was sie erlebt hat.

Es ist spät geworden. Jenny hat schließlich doch noch einiges aus ihrem Leben berichten können. Auch über das Treffen mit ihrer Mutter hat sie gesprochen. Er ist der Einzige, dem sie sich anvertrauen kann.

Beide Wohnungen, ihre und seine, liegen in der Nähe. Jenny ist so gespannt, so neugierig, geradezu gierig darauf, zu sehen, wie Alex jetzt lebt, dass sie sich für seine Wohnung entscheiden.

»Ja, hier kann man sich wohlfühlen«, bestätigt Jenny, während sie einen Rundgang durch Alex' drei Zimmer macht. Noch spricht sie von »man«. Alex springt sofort lachend darauf an: »Ich hoffe, nicht nur *man*!«

Beide brennen vor Sehnsucht nach dem anderen, zögern aber den Gang ins Schlafzimmer hinaus. Erst noch ein Drink in der kleinen, gemütlichen Küche. Nun ziemlich schweigsam. Beide versunken in eigenen Gedanken. Glücklich und voller Angst.

Und dann schließlich doch das Bett. Sie reißen sich nicht die Kleider vom Leib. Ziehen sich gegenseitig langsam aus und legen sich aufs Bett. Küssen sich.

Alex weiß, dass Jenny behandelt werden muss wie eine schillernde Seifenblase, die bei der leisesten Berührung zerplatzt. Sicher weckt er mit bestimmten Berührungen die vergangenen

Schrecken. Welche Berührung ist das, welche Berührungen sind das? Er kann so viel falsch machen. Aber er glüht vor Leidenschaft. Und in ihren Augen erkennt er, dass es ihr ebenso geht.

Ganz behutsam streichelt er ihren Hals, führt seine Hand weiter zu den kleinen runden Spitzen ihrer Brust und umkreist sie wieder und wieder mit zartem Druck. Jennys leises Stöhnen ermutigt ihn, auf seiner Reise weiterzugehen. Als er an dem dunklen Dreieck angelangt ist, spürt er ihre Anspannung, die aber sofort wieder nachlässt. Auch als er vorsichtig die weichen Lippen öffnet, reagiert sie mit leichter Abwehr, die aber wieder verschwindet, während er sanft die kleine Erhebung darin streichelt.

Dieses Schwein, denkt Alex, der sowohl Anspannung als auch Abwehr bei Jenny bemerkt hat. Dieses Schwein ist wirklich voll zur Sache gegangen – bei einem fast noch Kind!

Ein tiefer Seufzer bedeutet ihm, dass sie bereit ist, ihn begehrt, ihn will. Vorsichtig dringt er in sie ein. Dann aber überwältigt die Leidenschaft beide. Sie lieben sich bis zum Morgen, mal heiß, mal zärtlich, dann wieder stürmisch. Als sie erschöpft, glücklich nebeneinander liegen, fasst Alex ihre Hand und sagt leise:

»Ich habe dich so lange gesucht und endlich gefunden.«

Und Jenny antwortet ebenso leise: »Ich glaube, ich habe die ganze Zeit nur auf dich gewartet.«

HIMMELFAHRT

Himmelfahrt. Vatertag. Sie sind weder gläubig noch Väter, aber feiern – das muss einfach sein. Schließlich ist schon der Urgroßvater mit Kollegen im Kremser ins Grüne gefahren, der Großvater hat mit Nachbarn in der Laubenkolonie gezecht, und der Vater bricht jedes Jahr im lärmenden Tross der Skatbrüder auf, um diesem Tag seinen Tribut zu zollen. Traditionen sitzen fest im Blut.

Gleich nach dem Frühstück sind sie losgezogen, acht junge Männer, der jüngste 16, der älteste im stolzen Alter von 21, weshalb er – nicht ernannt, aber unangefochten – die Clique anführt, die seit Jahren zusammenhängt. Eine Freizeit- und Langeweile-Gesellschaft, die sich zusammengefunden hat, weil man sich gar nicht ausweichen kann, sich ständig über den Weg läuft – im Wohnsilo, im Einkaufszentrum, auf dem Fußballplatz, in der Kneipe.

Natürlich sind ihre Mädchen heute nicht dabei, dieser Tag gehört den Männern, sie wollen mal wieder so richtig auf die Pauke hauen. Weiber haben da nichts zu suchen, die werden nach dem dritten Schnaps doch bloß zickig.

Auf dem Weg die Straße hinunter zur »Kühlen Ecke« tragen sie ihre Fröhlichkeit vor sich her wie einen Schild, der die frühen Passanten von ihnen fernhält. Man könnte meinen, aufmunternde Zutaten wären überflüssig. Weit gefehlt! Jetzt soll es erst richtig losgehen. Mit lautschnauziger Lässigkeit besetzen sie die kleine Kneipe, flapsen die dralle, derb-witzige Wirtin an, verscheuchen den einsamen frühen Tresengast und hängen sich um die kurze Theke als uneinnehmbarer Wall, lümmeln sich mit raumgreifenden Beinen auf wackligen Stühlen an einem der drei kleinen Tische. Von nun an läuft der Hahn. Schnaps muss her und nicht zu knapp, auch wenn's die letzte Knete kostet. Die Größeren, die richtig was verdienen, strecken es vor, unter Kumpeln kommt man schon irgendwie auseinander. Auch »Stift«, der 16jährige, der gerade eine Ausbildung angefangen hat, soll mithalten. Ein bisschen spack ist er ja, auf den Putz hau'n kann er nicht so wie die anderen. Aber sonst ist er in Ordnung, eisern solidarisch, hält vor allem die Klappe und macht jeden Mist mit, egal, was anliegt. Heute wollen sie mal sehen, was in ihm steckt, was der so schlucken kann; bezahlen muss er keinen Cent, das Vergnügen lassen sich die Großen was kosten, alles geht auf ihre Rechnung.

Nach einer Stunde ist es in der Kneipe stinklangweilig. Mieze hinterm Tresen ist noch nicht in Form, gestern ist es spät geworden, und munter wird sie sowieso erst nachmittags. Außerdem sind sie immer noch unter sich und können sich nicht an anderen Gästen reiben. »Mensch, is dasn öder Laden! Kommt, wir ziehn um die Ecke!« Ein paar Flachmänner gehen noch über die Theke, als Wegzehrung. Gezahlt wird gleich, keiner macht einen Zettel.

Auf der Straße versteckt sich die schwer gewordene Zunge hinter grölendem Gesang, Tanz- und Schlenkerbewegungen überdecken die unsicheren Schritte. Das sonst so bleiche Gesicht von »Stift« ist leicht gerötet, die braunen Augen glänzen, auf seinen Lippen hat sich ein Lächeln festgefahren.

Noch hält sich der knallblaue Tag in gemessener Kühle, die Mauern weisen das Licht zurück. Die nächste Kneipe wird besetzt, auch hier ist es noch ruhig, aber in der übernächsten trifft man schon auf konkurrierende Gruppen. Stimmung kommt auf, es wird laut, aus einer Stehbierhalle fliegt ihnen die erste

Schlägerei entgegen. Sie amüsieren sich köstlich. »Stifts« Gesicht ist von unnatürlichem Rot, die Augen schimmern fiebrig, der Blick hält nichts mehr, und es ist gut, dass er sich bei Dieter einhängen kann, das gibt doch wenigstens einen schwankenden Halt für die plötzliche Last des schmächtigen Körpers, der ständig zum Boden drängt.

Am Nachmittag kann sich die Stadt nicht mehr gegen die Hitze wehren. In den Straßen glühen die Häuserwände, und in den Kneipen steht die Luft klebrig warm. Dunst aus Schweiß und Alkohol setzt den letzten Rest vorhandener Sinne außer Gefecht. Lallend verständigen sich die Jungen, dass es nun Zeit ist, hinunter zum Kanal zu ziehen, wo immer ein frisches Lüftchen weht. Aber bitte nicht ohne Wegzehrung. Einer hat plötzlich zwei Wodka-Flaschen in den Händen, stolpert damit voran, die Flaschen hoch erhoben wie eine Vereinsfahne.

Unten am befestigten Ufer ist es wirklich kühler, aber die mitgebrachte Hitze bleibt im Körper stecken. Sie lassen sich auf die Wiese fallen, rekeln sich und albern herum mit flauen Witzen. Zwei mühen sich, im Scherz zu rangeln, doch es gerät zur müden Parodie. »Stift« liegt reglos, das Gesicht im Gras. Und nirgends Schatten.

Als Jürgen die Wodka-Flasche an die Lippen setzt und den Kopf in den Nacken biegt, fällt sein müder Blick auf »Stifts« verlorenen Körper. Er stutzt, setzt dann die Flasche ab und legt auf sein Gesicht ein breites Grinsen. »Mann, is der breit! Den müssen wa wecken!« Langsam nehmen nun auch die anderen die reglose Figur ins schwankende Visier. Jürgen erhebt sich mühsam, erst nach dem dritten Anlauf steht er aufrecht. Einer nach dem anderen arbeitet sich hoch, schweigend umringen sie den hingestreckten »Stift«.

»Den tun wa ins Wasser, da wirda wieder munta!« Horsts Vorschlag macht alle gleich ein bisschen wach, der vom Alkohol eingeschläferte Tatendrang kriecht wieder hervor. Aber Jürgen hat Bedenken: »Det könn' wa doch nich machen, so blau wie der is!« – »Blödmann, der is im Wasser doch gleich wieder da!« Was Achim sagt, das gilt, der ist der Älteste. Der weiß Bescheid.

Jürgen versucht, »Stift« wachzurütteln, er ruft ihn an, dreht ihn auf den Rücken, klopft seine Wangen. Doch »Stift« rührt sich nicht.

»Mensch, det is vagebne Liebesmüh, so krichste den nich hin!« entscheidet Achim. »Los, Horst, fass mal mit an!« Horst nimmt den kraftlosen Körper bei den Beinen, Achim zieht ihn an den Händen hoch. Wie eine Hängebrücke pendelt er zwischen ihnen, nur schwerer, viel schwerer.

Sie haben Mühe, »Stift« zum Wasser hinunter zu befördern, die Böschung bereitet dem Gang Probleme, Grasbüschel stellen sich den Stolperfüßen in den Weg.

»He hopp! He hopp!« Zwischen Horst und Achim ist »Stifts« Körper nun eine Schaukel. Hin und her geht es, her und hin. »He hopp!« Ein letzter kraftvoller Schwung, ein sattes Platschen, und »Stift« ist verschwunden.

»Gleich wirda hochkommen. Der wird schön prusten!« Achim feixt sich schon eins. Die anderen stehen neben ihm und starren gebannt aufs Wasser.

Doch »Stift« kommt nicht hoch. Die Wasseroberfläche bleibt unbeweglich, gleichmütig, abweisend. »Mensch, der kommt ja gar nich!«, schreit Jürgen heiser, reißt sich die Jeans runter, das T-Shirt über den Kopf und springt hinein in das undurchdringliche Schwarz. Horst, mit einem Schlage nüchtern, tut es ihm nach. Aber in dem brackigen Schmutzwasser ist nichts zu erkennen, die suchenden Hände greifen immer wieder ins Leere.

Nein. »Stift« kommt nicht mehr hoch.

EINE GANZ UNMÖGLICHE GESCHICHTE

Als die beiden Supermächte sich gegenseitig den Krieg erklären, scheint über der Union der Zwangsweise Satellisierten Länder, allgemein bekannt als UZSL oder Satellunion, die Sonne, und über den Vereinigten Staaten von Neurota, kurz VSN, gießt es in Strömen.

Monatelang hatten die beiden großen Führer der Satellunion und von Neurota nahezu Tag und Nacht zusammengesessen – zusammen gegessen, zusammen getrunken und sich die Köpfe und den Simultanübersetzungscomputer heißgeredet. Die Atmosphäre konnte durchaus nicht als unangenehm oder gar feindselig bezeichnet werden. Schließlich aßen und tranken sie gut und hatten alles zu ihrer Verfügung, was sie benötigten, dazu noch manches, was sie nicht benötigten.

Was schließlich zur Kriegserklärung führte, ließ sich hinterher nicht mehr ermitteln, zumal es nicht einmal den Betroffenen selbst, den großen Führern, so recht klar war. Vielleicht lag es an der Ermüdung, die sich nach so vielen freundlichen und ergebnislosen Gesprächen unweigerlich einstellen musste, vielleicht war es Langeweile, weil sich mit der Zeit bestimmte Einzelheiten in der Speisenfolge wiederholten, vielleicht auch Ärger über den stetigen ermüdenden Wechsel zwischen den Nationalgetränken Wodka und Whisky oder ganz einfach Heimweh, Heimweh nach den Pantoffeln daheim, nach dem eigenen Bett, der eigenen Badewanne. Beide Führer jedenfalls beteuerten sich wechselseitig, dass sie keinerlei Hassgefühle, sondern im Gegenteil: Sympathie füreinander empfänden – nur müsse jetzt endlich eine Entscheidung herbeigeführt werden, schon allein zum Wohle ihrer Völker; es müsse etwas geschehen, und so sei ein Krieg eben unvermeidlich.

Über dem neutralen Konferenzort Holomumu tummeln sich etliche dickbäuchige Wolken, aber es ist warm und trocken. Ähnlich ist die Wetterlage über den nicht betroffenen Teilen der Erde. Dass es dagegen in Neurota regnet und über der UZSL die Sonne lacht, hat schwerwiegende Folgen.

Die Menschen von Neurota nämlich leiden keine Not; was sie sich nur wünschen können, gibt es zu kaufen, es ist lediglich eine Frage der Zeit, sich seine Sehnsüchte zu erfüllen. Und wie es bei verwöhnten Leuten so ist, sind die Bürger von Neurota ein wenig launisch und leicht aus dem Gleichgewicht zu bringen. Das Ärgste, was ihnen widerfahren kann, was sie an den Rand ihrer Belastbarkeit gelangen lässt, ist ein Regentag. Das ganze Volk versinkt aus solch schwerwiegendem Anlass in tiefe Depression. Manche versuchen, sich durch allerlei ausgefallene Beschäftigungen über die Katastrophe hinwegzutrösten, andere erheitern sich im Alkohol, bis ihnen die Tränen kommen; viele bleiben einfach in der Depression stecken, bis der Regen vorüber ist. Etwas Vernünftiges kommt an einem solchen Tag nicht zustande.

Ganz anders die Verhältnisse in der UZSL. Der Alltag ist grau und erdrückend wie der finsterste Regentag. Der Staat bleibt den Bürgern das meiste Geld, das sie mit ihrer Hände Arbeit erwirtschaften, schuldig, und für ihren niedrigen Lohn können sie nichts kaufen, denn es gibt nichts zu kaufen. Jedenfalls nicht für die, die wirklich arbeiten. Das einzige, was diese Menschen aus ihrer trüben Stimmung zu befreien, sie geradezu aus dem Häuschen zu bringen vermag, ist ein strahlender Sonnentag. Bei Sonnenschein – dieser freilich ist selten – fühlt sich niemand in der Lage, seiner Arbeit nachzugehen. Die einen haben Lust, verrückte Dinge zu tun, die anderen fahren hinaus, um ihre Verwandten und Freunde wiederzusehen; viele setzen sich einfach auf eine der vielen Parkbänke des Landes, die die führenden Herren eigens zur Freizeitbelustigung der Tätigen haben aufstellen lassen, denn man versteht sich als sozialer Staat, und lassen sich von der Sonne bescheinen. Etwas Vernünftiges kommt an einem solchen Tag nicht zustande.

Nach der Kriegserklärung eilen die beiden großen Führer in ihre Heimat. Unverzüglich verständigen sie ihre militärischen Kommandozentralen, bringen ihre Besitztümer und sich selbst in ihrem Privatbunker in Sicherheit und richten sich auf längeres Warten ein. Zu ihrer Zerstreuung lassen sie ausreichend Delikatessen, ganze Batterien des jeweiligen Nationalgetränks, ein paar der hübschesten und gesündesten Mädchen des Landes – beileibe nicht zu ihrem Vergnügen, sondern damit auch nach der Katastrophe das Überleben der Menschheit gesichert ist – und eine Fülle von Spielen einlagern. Um nicht unbeteiligt zu bleiben an dem Kriegsgeschehen draußen, haben sie sich einiges an raffiniertem und gefährlichem, digitalen Kriegsspielzeug ausgebeten. So werden sie in ihren Bunkern nicht untätig herumsitzen, sondern sich Gefahren aussetzen, von denen die Menschheit sich keine Vorstellung macht.

Die Generäle der Satellunion und der VSN haben den Befehl, Krieg zu führen, erhalten. Wie alle Generäle auf der Welt fürchten sie nicht Sonne, nicht Regen und auch sonst nichts, reiben die Hände und machen mobil. Aber sie haben nicht die fatalen Auswirkungen der Wetterlage berechnet.

Denn auf einmal stellt sich heraus, dass die Männer, die sich gegenseitig umbringen sollen, durch das Klima derartig geschädigt sind, dass sie viel wichtigere Dinge zu tun haben, als Menschen zu töten.

In der Satellunion spielen die Soldaten in den Parks unter der leuchtenden Sonne Schach. In Neurota sitzen sie um das Nationalgetränk beisammen und versuchen, beim Pokerspiel den Regen zu vergessen. In der Satellunion belagern sie die Strände und tummeln sich im Wasser, in Neurota haben sie sich in die Sporthallen zurückgezogen und absolvieren ihr Fitness-Training. Auch sonst hat niemand Zeit. Iwan poliert die Stiefel des Oberst, mit viel Hingabe, es wird dauern, bis er fertig ist. Sam liest ein Psychobuch, um seiner Depression Herr zu werden, aber so weit ist er noch nicht. Sascha setzt vor der Kaserne ein paar Pflanzen, die ihm der Onkel aus dem Süden geschickt hat – der hat dort einen Garten –, und die Setzlinge müssen dann noch gewässert werden. Robert und Eddie putzen Gewehre und fallen in tiefe Melancholie bei dem Gedanken, dass diese Prachtstücke durch Benutzung gleich wieder verdorben werden. Igor sitzt auf seinem Bett in der Kaserne und lernt Neurotisch. Wie kann er in den Krieg ziehen, bevor er die Sprache des Feindes versteht? Vielleicht ruft der ihm aus dem Schützengraben etwas zu, und er schießt ihn einfach über den Haufen, weil er nicht begriffen hat, was los ist. John sitzt im Kasino und ist noch längst nicht satt genug, um sich zuzutrauen, in den Krieg zu ziehen. Alexej schreibt an seine Mutter. Bevor der Brief nicht aufgegeben ist, tut er keinen Handschlag. Elvis hat die Meldung von der Mobilmachung verschlafen und weiß gar nicht, dass Krieg ist. Wolodja führt seinen Hund aus; von ihm kann er sich doch nicht trennen, er ist alles, was er hat. Und Nick hält das alles sowieso für Quatsch und setzt sich ab.

Die Generäle, die die Pläne für den Ernstfall studiert und die zukünftigen mit den vorhandenen Orden addiert haben, toben. Die Geschäftemacher, die die Gewinne aus dem Kriegsspiel hochgerechnet und sich ins Fäustchen gelacht haben, toben. Die Politiker, die sich ihre Taktik für den nächsten Wahlkampf nach dem

Krieg zurechtgelegt haben, toben. Die Bankiers, die sofort den Zinssatz für Kredite an die kriegführenden Staaten erhöht haben, toben. Die Ideologen, die geglaubt haben, dass das Volk an das glaubt, was sie sagen, toben.

Die beiden großen Führer in ihren Bunkern toben nicht. Sie wissen von alldem nichts. Der eine lässt seinen elektronisch gesteuerten Spielzeugpanzer auf der Weltkarte über die Grenzen der Satellunion rollen. Der andere hat die Weltkarte mit zwei rostigen Nägeln an die Wand geheftet und schießt mit einem nicht mehr ganz funktionstüchtigen Luftgewehr auf das Territorium von Neurota. Bis das Telefon in beiden Bunkern läutet und die Generäle mit heiserer Stimme melden, dass der Krieg nicht stattfinden kann.

Nun toben auch die Führer. Sie sind verärgert über die Störung ihrer Planspiele. Ihre Verärgerung steigert sich zu hysterischer Wut, je verzweifelter die Generäle ins Telefon brüllen. Dem Führer von Neurota gehorcht die Elektronik nicht mehr – oder sind es seine Finger, die ihm nicht gehorchen? –, und der kleine Panzer wälzt sich rückwärts unaufhaltsam auf Neurota zu. Dem Führer der Satellunion entgleitet das Gewehr; nun funktioniert es einwandfrei, und ein Schuss verfehlt um Haaresbreite eine der hübschen Damen. Solch extremer nervlicher Belastung sind die Führer nicht gewachsen. Außer sich vor Zorn ordnen sie an, die Tore zu den Kammern zu öffnen, in denen sich die Totalvernichtungswaffe, in Fachkreisen mit dem Geheimkürzel TVW versehen, befindet.

Da es sich bei Neurota um einen höchst demokratischen Staat handelt, besitzt nicht nur der große Führer einen Schlüssel zu den Kammern mit der TVW und den Schaltpulten. Der oberste General, ein verdienter alter Stratege, der bisweilen ein wenig zerstreut ist, bewahrt das Gegenstück dazu auf, ohne das sich die Tür zum Schaltraum nicht öffnen lässt. Mit einer Militäreskorte wird der Schlüssel des großen Führers vom Bunker abgeholt und zu den Kammern mit der TVW geleitet. Dort wird die zweite Militäreskorte, die das Pendant vom obersten General überbringen soll, erwartet. Stunde um Stunde vergeht, die zweite Militäreskorte ist nicht in Sicht. Vor den Kammern wechseln angespanntes Warten und hektische Betriebsamkeit, die Dunkelheit verhindert einen Überblick über die Lage. Schließlich ist man sich einig: Es muss etwas geschehen sein. Aber was?

Gegen Morgen kommt über Funk die Meldung, dass der oberste General sich erschossen hat. Er konnte den Schlüssel nicht finden.

Die Satellunion ist nur ein hoch demokratisches Land, daher besitzt allein der große Führer einen Schlüssel zu den Räumen mit der Totalvernichtungswaffe, die hier übrigens zur Verschleierung – selbst in Fachkreisen – das Kürzel TWV trägt. Der Schlüssel des Führers ist jedoch vor kurzem völlig bedeutungslos geworden, denn das Schloss musste aufgrund von Konstruktionsmängeln ausgebaut werden. Ein neues wurde noch nicht eingesetzt, da unerwartet Schwierigkeiten in der Produktion von Schlössern aufgetreten waren. In der Satellunion unterliegt alles der Geheimhaltung, und so vertraute man darauf, dass niemand von dieser misslichen Situation erführe, und setzte den Wächter Kolja als Sicherheitsmaßnahme vor die Tür. Um jede Panne auszuschließen, beauftragte man den Ingenieur Dmitrij mit der Bewachung des Schaltraums und des Wächters Kolja. Dmitrij ist der Einzige in der großen Satellunion, der weiß, welcher der beiden Knöpfe im Ernstfall zu drücken ist.

Auf Befehl des großen Führers der Satellunion begibt sich – abgeschirmt von einer Hundertschaft unauffällig gekleideter Herren – der oberste General, ein hochdekorierter Veteran der vergangenen fünf ruhmreichen Invasionen, zu den Räumen mit der TWV. Vor der geöffneten Tür bietet sich ihm ein grauenhaftes

Bild: Kolja und Dmitrij liegen eng umschlungen am Boden und schlafen. Die Freude über die anhaltende Schönwetterperiode hat sie einander nähergebracht. Sie haben sich einen kleinen Vollrausch angetrunken, aus dem sie vorerst nicht wieder auftauchen werden. Der oberste General muss unverrichteter Dinge umkehren, denn mit den beiden Knöpfen kennt er sich nicht aus. Die unauffällig gekleideten Herren kümmern sich um den Ingenieur und den Wächter; sie lassen sie in das Staatsgefängnis für Gesinnungstäter transportieren, wo sie nach dem Erwachen einer Spezialbehandlung zugeführt werden sollen.

Inzwischen haben sich die großen Führer wieder beruhigt und ihren gefahrvollen Spielen zugewandt. Ihre Bunkertage sind so randvoll gefüllt mit den verschiedensten Aktivitäten, die ihre ungeteilte Aufmerksamkeit erfordern, dass sie erst nach Ablauf von zwei Wochen leicht irritiert bemerken: Seit dem Befehl zum totalen Vernichtungskrieg ist keine Meldung mehr eingetroffen.

Mit leichtem Unbehagen wählen sie auf ihren stumm gewordenen Telefonen die Nummer 000, in beiden Ländern die Geheimnummer der militärischen Kommandozentrale. Dort rührt sich nichts. Dies ist, so schließen sie, der Beweis dafür, dass ihr Befehl ausgeführt wurde. Da sie selbst noch am Leben sind, muss der Gegner vernichtet sein. Eine Minute verharren sie in ernstem Schweigen, um in würdiger Form der Opfer zu gedenken. Dann aber bricht der Jubel über den totalen Sieg mit Macht hervor. Diese Stunden gehören der Freude, man darf stolz sein. Im Bunker von Neurota feiert man drei Tage und drei Nächte lang; im Bunker der Satellunion nur drei Tage und zwei Nächte lang, denn am Abend des dritten Tages geht der Wodka aus.

Nachdem das Fest beendet und eine gebührende Ruhepause eingelegt worden ist, die die nachfolgenden Entscheidungen günstig beeinflussen wird, legt zuerst der große Führer der Satellunion – wegen des mangelnden Wodkas ist er seinem Kollegen aus Neurota um einen halben Tag voraus – seinen Schutzanzug an und verlässt den Bunker, um die Lage zu überprüfen. Mutig, wie er ist, wagt er den Schritt allein. Vor den Toren des Bunkers vermag er zunächst nichts wahrzunehmen, denn die Sonne blendet ihn. Sein Erstaunen ist grenzenlos, als sich seine Augen hinter dem Schutzglas an das Licht gewöhnt haben: Das Gras ist grün, die Birken wiegen sich im Wind, die Vögel singen – dies kann er unter seinem Schutzhelm zwar nicht hören, aber vermuten –, und in der Ferne arbeiten Frauen mit bunten Kopftüchern auf den Feldern. Das einzig Befremdliche ist, dass immer noch die Sonne scheint.

Pünktlich einen halben Tag später wagt sich der große Führer von Neurota aus seinem sicheren Zufluchtsort. Auch er kann zunächst nichts erkennen, denn von dem feinen Nieselregen beschlagen die Gläser seines Schutzhelmes. Als ihm nach einiger Zeit der Durchblick gelingt, ist er nicht minder erstaunt als der Führer der Satellunion: Vor ihm breiten sich grüne Hänge, in der Ferne weidet eine Viehherde, und es sieht, verdammt nochmal, ganz so aus, als herrsche auf der Landstraße da drüben lebhafter Verkehr. Ungewöhnlich ist einzig und allein, dass es immer noch regnet.

Nachdem die großen Führer sich im Bunker von ihrer Verwirrung erholt haben, kommen sie zu dem Schluss, dass nun gehandelt werden müsse. Da sich unter der Rufnummer 000 noch immer niemand meldet – die Herren der militärischen Kommandozentralen hielten es für klüger, die Zentralen zu dezentralisieren –, versuchen die Führer, zögernd und zweifelnd, ehemalige Bekannte zu erreichen. Und siehe da! – die Verbindung kommt zustande. Die Kunde von der Weltlage dringt in die Führerbunker. Um zu fassen, was nicht geschehen ist, benötigt der Führer von Neurota einen Tag, der Führer der Satellunion eine Stunde, weil er sich aus dem Gebräu, das im Süden seines Landes hergestellt wird und das nur für den Ernstfall als Ersatz für den Wodka mitgeführt wurde, nichts macht. Beide beschließen sodann energisch, ihre Schutzzone zu verlassen, um ihr führerloses Volk wieder unter Kontrolle zu bringen. Eilends wollen sie in ihre Regierungszentralen zurückkehren, um zu regieren und den erkalteten heißen Draht zum Kollegen erneut zu wärmen. Beide sehen sich gezwungen, per Anhalter zu fahren. Dem großen Führer von Neurota ist bei der Schlüsselaktion sein Luxusgefährt abhanden gekommen; es wird zu klären sein, wie und durch wen. Der große Führer der Satellunion kann seinen Geländewagen nicht benutzen, weil in der Zwischenzeit der Benzintank endgültig undicht geworden ist und der Treibstoff sich in einer Lache unter dem Fahrzeug gesammelt hat.

Verzögerung tritt ein: Offenbar erkennt niemand die großen Führer. Sie müssen lange winkend am Straßenrand ausharren, bis sie mitgenommen werden. Als endlich ein Fahrer hält – hier wie dort –, als sie endlich von dem Warten in glühender Sonne und in durchdringendem Dauerniesel erlöst werden, müssen sie feststellen, dass sich niemand für die Geschichte, die sie aufgebracht und voller Empörung vortragen, interessiert. Die gleichmütige Freundlichkeit, das behutsame Lächeln des jeweiligen Fahrers deuten darauf hin, dass sie den Anhaltern keinen Glauben schenken, sie am Ende für nicht ganz normal halten, also besser: keine Fragen stellen, keine Zweifel anmelden.

Unerkannt und völlig erschöpft von dem allgemeinen Desinteresse gelangen die großen Führer in ihre Zentralen. Unverzüglich beginnen sie, den kalten heißen Draht wieder in Gang zu setzen. Da sie es zur selben Zeit tun (der Führer von Neurota hat einen längeren Weg), ist durch ihre beiderseitigen hektischen Bemühungen die Leitung des Kollegen erst einmal besetzt. Als der Kontakt endlich hergestellt ist, sind sie verblüfft, dass der Kontakt endlich hergestellt ist. Nachdem sie sich gefasst haben, kommen sie überein, dass etwas geschehen müsse. Aber was? Ihre Völker haben versagt, auf sie ist kein Verlass, wenn auch eingeräumt werden muss, dass die Witterung einen entscheidenden Anteil an der beklagenswerten Situation hatte. Aber sollen sie etwa in Neurota auf den üblichen Sonnenschein und in der Satellunion auf normalen Regen warten? Nein, die Zeit ist reif, es muss gehandelt werden. Da beide Führer Ehrenmänner sind, wollen sie die Entscheidung in einem fairen Zweikampf herbeiführen. Nur sollte dieser zweckmäßigerweise auf neutralem Boden stattfinden, um eigenes Territorium von den Spuren ihres Kampfes zu verschonen. Die großen Führer einigen sich, gleich in der Frühe des kommenden Tages mit den Regierungen des Kontinents Multana in Kontakt zu treten, damit ihnen ein Gebiet zur Austragung ihres Kampfes zur Verfügung gestellt wird. Mit stolzer Erleichterung trennen sich die großen Führer von ihrem Draht.

Am nächsten Morgen aber müssen sie erfahren, dass die Regierungen von Multana keineswegs bereit sind, ihnen irgendetwas zur Verfügung zu stellen. Lediglich ein einziges, sehr kleines Land, seit langem neutral und ganz einfach demokratisch, geht nach anfänglichem Zögern und schwierigen Verhandlungen auf ihr Ersuchen ein. Das überlassene Gebiet wird streng umgrenzt und hoch gesichert sein. Dankbar und voller Zuversicht setzen die großen Führer den Termin für ihre Auseinandersetzung fest.

Ein paar Tage vor dem vereinbarten Treffen finden sich die Führer in dem kleinen Land ein, um ihr Kampfgerät in Stellung zu bringen. Zweikampf hin, Zweikampf her – ohne Geräte geht es nicht. Da es sich um ausgesprochen landschaftsunfreundliche Gerätschaften handelt, das kleine Land aber eine ausgesprochen schöne Landschaft besitzt, die es um jeden Preis zu schützen gedenkt, rückt sehr bald die Bürgerwehr an und hindert die fremden Führer an ihrem Tun. Sie werden festgenommen und des Landes verwiesen. Durch ein bedauerliches Versehen wird der

Führer der Satellunion in das Flugzeug nach Neurota geleitet, und der Führer von Neurota sitzt in der Linienmaschine, die einmal wöchentlich die Hauptstadt der Satellunion anfliegt.

Sowohl in Neurota als auch in der Satellunion ist inzwischen das Wetter umgeschlagen, und die Menschen sind hier aus ihrer Lethargie, dort aus ihrer Euphorie erwacht. Ganz am Rande ihrer psychischen Ausnahmesituation ist ihnen nicht verborgen geblieben, dass sie für eine gewisse Zeit ohne Führung gelebt haben und dass es ihnen seltsamerweise keineswegs schlechter gegangen ist.

Über Fernsehsatellit eilt die Nachricht von der Vertauschung der großen Führer rund um die Welt. In Neurota reagiert man zunächst mit betretenem Schweigen – und dann mit tosendem Gelächter. In der Satellunion wird erst einmal eine Protestnote formuliert, dann aber ebenfalls grölend gelacht. Nachdem vor allem die zweite Reaktion ausgiebig genossen worden ist, denn es gab in beiden Staaten schon lange nichts mehr zu lachen, halten die Menschen in Neurota wie in der Satellunion inne und fragen sich, ob dies nicht ein Wink des Schicksals sei. Der eigene große Führer war durch seine ewig gleichen Reden sehr vertraut, gleichzeitig durch die vermeintlich notwendige Abschirmung zu entfernt, als dass man sich ihm hätte nähern, geschweige denn ihn zur Rechenschaft ziehen können. Nun aber wird der fremde große Führer eintreffen, dem man sowieso nie über den Weg getraut hat. Man braucht ihn nur in Empfang zu nehmen und … Bei ihren weiteren Überlegungen stellen die Bürger beider Länder fest, dass sie zwar von dem fremden Führer reden, aber den eigenen meinen.

Ähnlicher Gleichklang, wie er gelegentlich zwischen ihren Führern aufkommt, scheint nun Neuroten wie Satellunierte zu beflügeln. Unabhängig voneinander tun beide Völker dasselbe. Nachdem die Maschine auf dem Flughafen der jeweiligen

Metropole gelandet ist, wird der fremde große Führer weniger in Empfang als festgenommen und dem Obersten Gericht überstellt. Hier erwartet ihn ein Blitzprozess. Der Staatsanwalt verliest den Anklagepunkt: Notorische Aggression aus niedrigen Beweggründen. Als Nebenkläger tritt ein Volksvertreter auf. Anklagepunkt: Verdummung und Verhetzung der Nation. Da keiner der Führer so schnell etwas zu seiner Entlastung vorbringen kann – er kommt mit der Sprache nicht recht klar –, andererseits aber Millionen Belastungszeugen zur Verfügung stehen, wird das Urteil bald gesprochen. Jeder der beiden Führer erhält lebenslänglich Haft zu den im jeweiligen Land schärfsten Bedingungen. Die Strafe wird zur Bewährung ausgesetzt, wenn sich der Führer verpflichtet, ein Jahr lang in dem fremden Land ohne die geringsten Privilegien zu leben. Sollte er jedoch rückfällig werden, anmaßendes Betragen an den Tag legen, Sonderrechte fordern, in die alte Falschbeterei verfallen oder gar erneut die Menschen gegeneinander aufhetzen, ist die Bewährung verwirkt, und er muss die Strafe unverzüglich antreten.

Dieses Urteil ist ein harter Schlag. Ohne Privilegien, ohne Orden und Titel, Staatskarosse und Bedienstete, ohne ihr andächtig lauschendes, stereotyp jubelndes Volk – wer sind sie denn da schon? Unzumutbar ist das. Im eigenen Land hätten sie mit einer großen Rede alles wieder in den Griff bekommen – aber hier… Sie sind ja nicht einmal in der Lage, einen einzigen vernünftigen Satz in der fremden Sprache herauszubringen, denn sie haben es für überflüssig und abwegig gehalten, die Sprache des Gegners zu lernen. Man hatte ja den Simultan-Computer.

Zornig und zu Fuß treten die großen Führer ihr Bewährungsjahr an. Seit Jahrzehnten haben sie keine öffentlichen Verkehrsmittel benutzt. Sie verirren sich gründlich. Da sie ständig auf die Hilfe anderer angewiesen sind, lernen sie die fremde Sprache – gemessen an ihren Fähigkeiten – relativ schnell. Am Anfang widerwillig, bald aber mit wachsender Neugier verfolgen sie das Leben rings um sich her, auf den Straßen, in den Fabriken, auf den Feldern, in den Wohnungen, in Schulen und Krankenhäusern, in Büros und Geschäften. Sie machen dabei eine merkwürdige Entdeckung: dass außer ihrer Totalvernichtungswaffe nichts gleich und doch alles gleich ist. Die Menschen in dem fremden Land leben zwar ganz anders – übrigens längst nicht so gut und so glücklich, wie sie es sich immer vorgestellt, und längst nicht so schlecht und unglücklich, wie sie es ihrem Volk immer gepredigt haben –, aber sie lachen und weinen, lieben und streiten, denken und fühlen ganz genauso wie die Menschen daheim.

Nach ungefähr einem halben Jahr – bei dem Führer der Satellunion dauert es etwas länger, weil er noch viel weniger gewohnt ist, die Dinge zu sehen, wie sie sind – beobachten beide Führer im fremden Land eine Entwicklung, die sie sich nicht erklären können, aber mit wachsender Sorge verfolgen. Seit fünf bzw. sieben Monaten schon ist das Land ohne straffe lenkende Hand, das Leben aber und die Menschen werden immer fröhlicher. Überall sehen die Führer heitere Gesichter, und ihnen, den Führern, begegnet man mit lächelnder Nachsicht. Etwas Fürchterliches bahnt sich an: Die Menschen beginnen ganz offenkundig, miteinander und nicht gegeneinander zu leben. Früher waren die Staatsgebiete der Satellunion und von Neurota in viele Länderparzellen mit deutlich markierten Grenzen unterteilt. Nun sind die Schlagbäume verschwunden, und auch die grandiosen schützenden Zäune fehlen. Ein Kulturverfall hat eingesetzt.

Eines Tages erhalten die beiden Führer eine Nachricht. Sie werden gebeten, sich zum nächsten Bürgerhaus zu bemühen, um dort etwas in Empfang zu nehmen. Dieser Bitte, die sie für einen Befehl halten, kommen die Führer umgehend nach, handelt es sich doch endlich, so vermuten sie aufatmend, um eine Ordnungsmaßnahme.

Im Bürgerhaus werden sie freundlich begrüßt und gebeten, sich ein wenig zu setzen. Während dem Führer der Satellunion ein Kaffee, das Allerweltsgetränk von Neurota, und dem Führer von Neurota ein Tee, das Allerweltsgetränk der Satellunion, serviert wird, erscheint hier ein Mann, dort eine Frau, die Gerätschaften bei sich tragen, wie sie – so erinnern sich die Führer dunkel – wohl zum Malen benötigt werden.

Überhaupt haben der Mann und die Frau eine unangenehm künstlerische Ausstrahlung. Das an diesem Ort? Nun, man wird sehen. Den Führern wird bedeutet, sie mögen sich für fünf Minuten ruhig halten, es werde ganz schnell gehen, denn seit die Künstler nicht mehr der staatlichen Beaufsichtigung unterständen, kämen sie gut voran. Tatsächlich entsteht in Neurota wie in der Satellunion im Handumdrehen eine treffliche Miniatur des Führers, die noch ein paar Sekunden trocknen muss und dann in ein kleines rotes Büchlein geklebt wird, das außer dem Namen das Geburtsdatum und den Wohnort des Besitzers enthält. Dies ist das neue, kürzlich eingeführte Persönlichkeitsbuch. Auf ihre erstaunten Einwände hin erfahren die Führer, dass sich diese Art von Ausweisen als völlig ausreichend und die Herstellung der Bilder als sinnvoll erwiesen hätten, denn es gebe nun keine auftragslosen, hungernden Künstler mehr. Drei Stunden am Tag, so ungefähr, malen sie Menschenbilder für Persönlichkeitsbücher, erhalten dafür, was sie zum Leben brauchen, und für den Rest des Tages oder in der Nacht, je nach der individuellen Vorliebe, können sie sich ihrer eigentlichen Kunst widmen. Fotografiert werde auch noch, sicher, aber nur zum Vergnügen oder zu kulturellen Zwecken, denn es habe sich doch schon seit langem gezeigt, dass auf den früheren sogenannten Passfotos die Menschen sowieso alle ausgesehen hätten wie Verbrecher.

Fassungslos fragen die beiden Führer nach der Computer-Registrierung der Bürger. Geduldig und mit einem Lächeln wird ihnen erklärt, dass man die Computer-Erfassung der Bürger für unmenschlich befunden habe. Fehlerquoten und damit Verwechslung und Unrecht seien unzumutbar häufig vorgekommen. Ja gewiss, Computer gebe es noch, ein Segen, aber nur, um den Menschen die alltägliche Arbeit zu erleichtern und zu verkürzen, damit sie genügend Zeit für wichtigere Dinge hätten. Als die Führer sich ungläubig erkundigen, was denn, bitte schön, wichtiger und besser sein könne als ein Tag randvoll mit Arbeit, weil für sie ja schließlich der Mensch lebe, erhalten sie keine Antwort. Niemand versteht ihre Frage.

Übellaunig lassen die Führer ihren kalt gewordenen Kaffee bzw. Tee stehen – um ein Haar hätten sie ihre roten Persönlichkeitsbücher vergessen – und verlassen das Bürgerhaus.

Aber noch viel Ärgeres wird ihnen widerfahren.

Der Führer von Neurota begibt sich in der Satellunion auf die Suche nach einem motorgetriebenen Rasenmäher, der Führer der Satellunion möchte in Neurota einen Farbfernseher kaufen.

Beide Führer haben mittlerweile im fremden Land ein hübsches kleines Häuschen zur Verfügung gestellt bekommen, in dem sie leben können, ohne dass es ihnen gehört, jedoch auch ohne eine feste Miete an einen fremden Besitzer zu zahlen. Da ihnen die gerichtliche Auflage, das Land des Gegners kennenzulernen, als Arbeit anerkannt wird, erhalten sie einen Lohn, der nach den Lebensbedürfnissen der Menschen des Landes berechnet ist. Die Bürger in beiden Ländern haben sich darauf geeinigt, dass jeder für seinen Wohnraum von seinem Lohn so viel, wie er bei einem zufriedenen Leben entbehren kann, an die Gemeinde des Wohnorts zahlt. Die ganze Gemeinde setzt sich einmal im Jahr gemütlich zusammen und berät, was mit dem eingegangenen Geld zu machen sei, ob man einen neuen Spielpark für die Kinder, ein Haus für die Beratung und Förderung von Menschen, ein Heim zum Beten – nicht zum Vorbeten – oder etwas anderes schaffen wolle.

In einer solchen Gemeinde leben die Führer. Für das Häuschen, in dem sie wohnen, haben sie bisher noch nichts an die Gemeinde gezahlt, denn sie können nichts entbehren. Ein zufriedenes Leben führen sie ja nicht. Zufrieden wären sie, wenn sie etwas besäßen, und aus eben diesem Grunde wollen sie jetzt einen Fernseher bzw. einen Rasenmäher haben.

Der Führer der Satellunion betritt in Neurota ein Geschäft, in dem man elektrische Geräte kaufen kann. Ein freundlicher junger Mann kommt ihm entgegen und fragt nach seinen Wünschen. Als er hört, dass der etwas seltsam wirkende Kunde nicht etwa ein Gerät wünscht, das halt jeder braucht, eine Lampe, eine Kaffeemaschine oder einen Herd, sondern einen Farbfernseher, wird seine Miene ratlos. Etwas verlegen erkundigt er sich, ob eines der Gemeinschaftsgeräte defekt sei, dann könne ein Fachmann vorbeikommen und den Apparat wieder instandsetzen. Wieso Gemeinschaftsgerät? Na, weil doch heute kein Mensch mehr allein vor seinem Fernseher hockt, sondern alle, wenn überhaupt, zusammen mit Nachbarn, Verwandten oder Freunden die Sendungen verfolgen und miteinander darüber reden. Dafür gibt es doch in der Gartenstraße, um die Ecke vom Theater, gleich neben der Schule, das Fernsehhaus mit den vielen Räumen für die unterschiedlichen Programme. Zur Zeit ist die Produktion von neuen Geräten für ein Jahr unterbrochen, erst dann wird voraussichtlich wieder Bedarf bestehen. Umfragen zufolge werden dann so viele Apparate so abgenutzt sein, dass eine Reparatur keinen Sinn mehr hat. In der Zwischenzeit werden im Werk nur Ersatzteile hergestellt. Tja, leider kann ich Ihnen da überhaupt nicht helfen – aber gehen Sie doch mal spaßeshalber ins Fernsehhaus, die Stimmung ist da eigentlich immer ganz gut.

In der Satellunion betritt der Führer von Neurota ebenfalls ein Geschäft. Auch hier entstehen Schwierigkeiten. So etwas Veraltetes wie ein motorgetriebener Rasenmäher ist nicht mehr im

Angebot. Die sind doch viel zu laut gewesen und eine scheußliche Geruchsbelästigung dazu. Die neuen Geräte sind besonders schwergängig, um den Menschen, als Ausgleich für die immer leichtere körperliche Arbeit, Gelegenheit zu sportlicher Betätigung zu geben. Entsprechend dem allgemeinen Kundenwunsch. Außerdem entfaltet bei diesen Mähern das Gras erst so recht seinen herrlichen Duft.

Na ja, die Geräte sind gut gegangen, massenhaft sind sie verkauft worden, aber nun werden sie zwei Jahre lang nicht mehr produziert, kein Bedarf, nur noch Ersatzteile werden hergestellt. Ist ja auch klar, Sie wissen ja selbst, dass heutzutage nicht jeder mehr alle erforderlichen Geräte besitzt. Was man nur von Zeit zu Zeit benötigt, leiht man sich eben untereinander aus. Oder sind Sie hier fremd? Dann fragen Sie doch mal in der Nachbarschaft, wer einen Rasenmäher hat, und borgen Sie sich den aus.

Ungläubig verläßt der Führer von Neurota den Laden. Der Sache wird er auf den Grund gehen. Und er weiß es jetzt schon: Ein Chaos wird er vorfinden, kein Mensch wird wissen, wo der Mäher zur Zeit steckt, denn irgendjemand verbirgt ihn in seinem Keller und behauptet, er habe ihn längst zurückgegeben.

Nachbarn des Führers sind die Swobodas. Dort wird er gleich mal klingeln. Aber die Türen stehen offen. Ja, ja, einen Rasenmäher hat die Familie Iwanow, aber wer ihn im Augenblick gerade benutzt, ja, da müssen Sie schon Herrn oder Frau Iwanow fragen – das heißt: Die Kinder wissen es vielleicht auch.

Der Führer verabschiedet sich mit dem gutgemeinten Rat, Frau Swoboda solle doch lieber die Türen schließen. Bitte? Wieso denn das? Die Luft ist doch wunderbar warm, wie Samt fühlt sie sich an, man kann richtig ins Schwärmen geraten. Fast so wie im vorigen Jahr, als es diese anhaltende Schönwetterperiode gegeben hat, wissen Sie noch?

Ja, aber – sehen Sie, ich bin doch auch so einfach bei Ihnen eingedrungen. Es könnten Leute mit, sagen wir, nicht ganz so lauteren Absichten…

Ach so, Sie meinen Diebe! Frau Swoboda muß erst einmal herzhaft lachen. Es gibt doch so gut wie gar keine Diebe mehr, höchstens so ein paar Weltfremde von gestern. Ich habe davon gehört, vor vier Monaten ist in der Zeitung über einen solchen Fall berichtet worden, aber der war ja krank, der arme Kerl. Nein, es gibt doch gar nichts zu stehlen, die Dinge, die man täglich braucht, hat sowieso jeder, und alles andere leiht man sich eben aus.

Frau Swoboda, ich bitte Sie! Also gut, den Rasenmäher benötigt man nicht alle Tage. Aber – nun, zum Beispiel, den Staubsauger, den holt sich einer unentwegt, und alle anderen können nicht saubermachen. Selbst, wenn der Betreffende einen Rasenmäher besitzt und zur Verfügung stellt, ist das doch keine reelle Gegenleistung.

Frau Swoboda sieht den Führer unsicher an. Sie denkt an den Fall aus der Zeitung. Dem armen Kranken konnte damals nicht geholfen werden. Er lebt heute einsam und verbittert – wie es später in der Zeitung hieß – irgendwo in der Steppe im Norden der Satellunion. Mit dieser Menschheit wollte er nichts zu tun haben.

Behutsam geht sie auf den Führer ein. Ach, wissen Sie, wer braucht denn schon täglich einen Staubsauger? Ist doch schade um die Zeit. Einmal in der Woche vielleicht, so schmutzig ist die Luft doch gar nicht, seitdem nicht mehr so viel überflüssiges Zeug hergestellt wird. Und dann braucht man den Staubsauger auch nicht einen ganzen Tag lang. – Aber was Sie da von Gegenleistung gesagt haben – das verstehe ich, ehrlich gesagt, nicht so richtig. Wenn die Dinge nicht gebraucht werden und nur rumstehen und Platz wegnehmen, können doch andere sie inzwischen benutzen. Das ist doch viel praktischer.

Mehr möchte der Führer von Neurota für den Augenblick

wirklich nicht wissen. Ohne Gruß wendet er sich heftig um und geht. Den Gang zur Familie Iwanow wird er sich sparen. Besorgt schaut ihm Frau Swoboda nach.

In Neurota hat der Führer der Satellunion inzwischen von der Familie Green erfahren, daß die Abende im Fernsehhaus immer sehr anregend sind. Man trifft sich, sitzt beisammen, sieht auch schon mal fern, aber meistens redet man miteinander. Sind ganz interessante Menschen darunter. Schauen Sie doch mal vorbei. Wir freuen uns immer, wenn ein Neuer in unsere Runde kommt.

Der Führer der Satellunion ist unschlüssig. Leute, die miteinander reden, sind ihm von jeher suspekt, ja verhasst gewesen. Die Brutstätte der Unordnung, des Ungehorsams ist das. Aber vielleicht kann man dort herausbringen, was an staatsfeindlichen Untergrundaktivitäten geplant ist, und dann Maßnahmen ergreifen, die zuständige Behörde informieren.

Von Herrn Green wird der Führer der Satellunion herzlich empfangen und in die Gruppe eingeführt. Um einen großen runden Tisch herum sitzt man zusammen und unterhält sich lebhaft, diskutiert über das Fernsehprogramm, die letzte Theaterpremiere oder redet über private Dinge.

Der Führer wird von allen freundlich aufgenommen. Wissen Sie, Sie sehen jemandem ähnlich, wem nur? Ja, warten Sie – nein, ich komme nicht drauf. Na, ist ja nicht so wichtig.

Nick erzählt gerade von seinem Bruder, der für fünf Jahre in ein fernes Land gegangen ist, um dort gemeinsam mit den Einheimischen zu arbeiten.

Arbeiten, endlich wird von Arbeit gesprochen! Da kann der Führer der Satellunion ein Wörtchen mitreden. Nirgends auf der Welt wird der Arbeiter so hoch geschätzt wie in seinem Land. Nirgendwo sonst gibt es so viele verdiente Arbeiter, so viele Helden der Arbeit, nirgendwo sonst so wenige Arbeitslose.

Ja, du lieber Himmel, wo kommen Sie denn her?

Der Führer der Satellunion schweigt verstimmt. Nach einer kurzen Pause, die eintritt, weil alle auf eine Antwort warten, läuft das Gespräch weiter. Wenn der Neue nicht sagen mag, aus welchem Land er kommt – nun, er braucht es nicht. Er wird seine Gründe haben.

Nick setzt seinen Bericht über den Bruder fort. Der ist schon immer ein abenteuerlustiger Kerl gewesen, und Lust zum Zupacken hat er auch immer gehabt. Die bequemen Arbeitsbedingungen hierzulande haben ihm nicht behagt, die Freizeit ist ihm lang geworden. Nun ist er bei den dunkelhäutigen Menschen und hat gefunden, was er suchte.

Ach, Ihr Bruder ist im Entwicklungsdienst. Das Kapitel ist dem Führer der Satellunion vertraut. Unser Land hat Hunderttausende von verdienten Tätigen in den Entwicklungsdienst...

Nein, nein, mein Bruder ist kein Fotograf. Das müssen Sie falsch verstanden haben. Mein Bruder ist Techniker in der Landwirtschaft, und er ist in ein Land gegangen, in dem die Menschen ihn brauchen.

Abermals entsteht eine Pause. Leicht irritiert fährt Nick fort. Der Bruder hat ein Foto geschickt, das zeigt ihn mitten unter lachenden Dunkelhäutigen. Nur an dem hellen Gesicht kann man ihn erkennen, denn er lacht und trägt ein buntes Gewand wie die Einheimischen. Hübsch sieht das aus, und bequem ist das sicher, bequem und luftig, wegen der Hitze, die dort herrscht.

Ihr Bruder hat dann wohl Sonderkonditionen eingeräumt bekommen: doppeltes Gehalt, Zulagen, Prämien, harte Devisen...

Der Führer der Satellunion hält inne. Ringsum sieht er in verständnislose Gesichter. Nick schaut verwirrt in die Runde, ob die anderen wissen, was der Neuling meint. Offenbar auch nicht.

Verzeihen Sie, Sonderkonditionen, Zulagen, Prämien, harte Devisen – was meinen Sie damit? Ich weiß nicht, was das alles sein soll. Aber ich glaube nicht, dass mein Bruder das bekommt.

Ich weiß nur, dass er dort zu essen und zu trinken und sein Auskommen hat. Und – sehen Sie hier, das Foto – so ein luftiges Gewand, das hat er auch. Er schreibt, dass es ihm Spaß macht, mit den Einheimischen zu arbeiten, sie begreifen die neue Technik schnell, und meistens sind sie fröhlich. Man sieht's ja auf dem Foto, da, der große Kerl, der kann vielleicht lachen! Mein Bruder schreibt auch noch, dass er ganz stolz ist, bald kann er die Sprache der Einheimischen fließend sprechen, und viel hat er von ihnen gelernt. Ihre Gewohnheiten fand er anfangs ziemlich komisch, aber dann hat er gemerkt, dass sie dort ganz sinnvoll sind. Er schreibt, dass die Erfahrungen, die er dort macht, für ihn ein großer Gewinn sind.

Ein Letztes versucht der Führer der Satellunion: Und was machen Sie beruflich?

Ich? Ich arbeite im Obstanbau. Vier Stunden am Morgen. Früher, als wir noch alle ganz genau nach Zeit arbeiten mussten, da war ich ein fauler Hund. Hab oft krank gefeiert. Keine Lust, wissen Sie, richtigen Ekel. Aber seitdem wir selbst unsere Arbeitszeit bestimmen, hab ich nicht ein einziges Mal mehr blau gemacht. Wir sind eine lustige Truppe, treffen uns auch nach der Arbeit. Da, die Liz, und dort drüben, das ist Edward, wir arbeiten zusammen. Peter ist bei den Nachmittagsleuten. Das war früher ein ganz Verrückter, Tag und Nacht hat der geschuftet, gar nicht gelebt, bis er schließlich krank geworden ist. Seit wir die neue Arbeitsregelung haben, geht's ihm wieder gut. Jetzt schläft er morgens lange und kommt am Nachmittag vier Stunden in die Plantage. Wissen Sie, das mit den vier Stunden Arbeit am Tag, das war ja wirklich ein guter Einfall: Alle haben was zu tun und außerdem noch Zeit für sich selbst. Früher bin ich nie zum Nachdenken gekommen, nicht einmal, wenn ich krank gefeiert habe, weil ich mich dann ärgern musste. Einerseits über meinen superkorrekten Chef, der nun wieder wütend auf mich war, und andererseits über mich, weil ich meine Faulheit unerträglich fand. Dabei hatten wir beide Unrecht, er und ich. Sie sehen ja, es geht alles viel einfacher. Das Leben macht richtig Spaß.

Hier verlässt der große Führer der Satellunion die Runde.

*

Ein paar Jahre sind seitdem ins Land gegangen. Längst haben die Menschen die beiden unter ihnen lebenden Führer vergessen, niemand denkt mehr an die Bewährungsauflage von damals. Sie ist ja auch längst erfüllt. An das neue Leben jedoch haben sich die beiden – hier wie dort – noch nicht so ganz gewöhnen können. Sie werden das Gefühl nicht los, dass ihnen etwas Entscheidendes entgangen sein muss.

(geschrieben 1982)

DAS PROBLEM

Wir entdeckten das Tier am Morgen in unserem Wohnzimmer. Von weitem sah es aus wie ein Maikäfer, war aber dunkler und erheblich größer. Der Kopf war klar vom Rumpf abgesetzt, von einem langen dunkel-streifigen Körper. Das Tier saß an der Wand und bewegte sich nicht.

Da wir Käfer – ganz gleich, ob klein oder groß – im Wohnzimmer grundsätzlich nicht schätzen, marschierten wir auf die Wand zu, um das Tier zu beseitigen. Großmutter meinte, solch Ungeziefer sei unästhetisch, außerdem trüge es Krankheitskeime, meine Schwägerin schüttelte sich und rief »igitt!«, und Großvater stellte Überlegungen darüber an, wie ein derartig großes Exemplar der – er sagte wörtlich: – »mittleren Fauna« sich in eine bürgerliche Wohnstube verirren konnte. Dazu müsse in jedem Fall ein Fenster offen gestanden haben. Dies sei jedoch weder am vergangenen noch an früheren Tagen der Fall gewesen, da man die Fenster ja stets geschlossen halte. Ich schließlich meinte, das Tier könne ja auch hier geboren und groß geworden sein, was jedoch von den anderen mit einer abfälligen Handbewegung und verächtlichen Grimassen quittiert wurde.

Eine Weile standen wir bei der Wand und betrachteten eingehend den etwa eigroßen, vor Unbeweglichkeit strotzenden Käfer. Wir sahen seine ungewöhnlich großen Augen. Mich erinnerte die Starre ihres Blickes an einen Menschen, der krampfhaft gleichgültig geradeaus stiert, um sich desto intensiver auf die Gespräche der Leute um ihn herum zu konzentrieren.

Den weiblichen Familienmitgliedern jagten Ekelschauer über

den Rücken, und sie behaupteten mit entschlossenem Nachdruck, es sei Sache der Männer, das Vieh zu entfernen ... und entfernten sich selber.

Kaum, dass die Frauen entschwunden waren, ermutigten sich die rechtschaffenen Männer gegenseitig zum Großangriff auf das Tier. Einer krempelte die Hemdsärmel auf, ein anderer legte schon einmal das Jackett ab, ich ließ mich gar dazu hinreißen, den Käfer anzupusten. Aber vor der majestätisch steinernen Ruhe des »Exemplars der mittleren Fauna« verließ uns alle der Mut. Wir sanken schließlich ratlos in die tiefen Sessel unseres geschmackvoll eingerichteten Wohnzimmers.

Schließlich kamen wir überein, einen Menschen hinzuzuziehen, der mit derlei Aufgaben vertraut war. Dieser stellte nach fachmännischer Prüfung der Sachlage fest, dass das Tier leider nicht zu entfernen sei, da es aus der Wand herausgewachsen, zumindest mit ihr verwachsen wäre. Man müsse also zur Beseitigung des Tieres einen Teil der Wand mit herausreißen. Das aber sei ja wohl nicht nötig. Er riet uns, unsere Vorurteile zu überwinden, uns an das Tier zu gewöhnen und zu versuchen, mit ihm auszukommen, vielleicht gar uns mit ihm anzufreunden. Damit verabschiedete er sich von uns und wünschte uns eine gute Beziehung zum Käfer.

Etwas ratlos sahen wir uns an und blickten dann zur Wand. Ich zuckte die Achseln und erklärte, heutzutage hätte man ja die verschiedensten Arten von Wandschmuck. Dieser hier sei doch wenigstens originell und nicht kitschig. Dieser Käferschmuck oder Schmuckkäfer sei mindestens ebenso dekorativ wie das Gemälde »Alpen im Abendglühen« an der gegenüberliegenden Wand, wenn nicht gar eindrucksvoller wegen seiner Extravaganz. Ich könnte mir jedenfalls nicht vorstellen, dass diese Käfer bereits in Serie gefertigt würden. – So gingen wir, halb bereit, das Tier als ästhetischen Blickfang der Wohnung anzuerkennen, schlafen.

Am nächsten Morgen stürzten wir gleich nach dem Aufstehen ins Wohnzimmer, taten gleichmütig vor den anderen und erschraken insgeheim, als unser Blick zur Wand ging. Denn aus dem eigroßen Tier war über Nacht ein Käfer von den Ausmaßen einer Männerhand geworden. Wir bemühten uns, die Sache mit Humor zu nehmen, spielten die Veränderung nach Kräften herunter und redeten uns ein, wir seien nur einer momentanen optischen Täuschung erlegen.

Wie immer gingen wir dann unserer Arbeit nach und vergaßen darüber fast unseren neuen Hausgenossen. Dachten wir aber doch zwischendurch einmal an den »ästhetischen Fleck« daheim, so waren wir bestrebt, seine Existenz als ganz normal zu empfinden, uns an sie zu gewöhnen.

Dazu sollte es jedoch nicht kommen. Denn – hatten wir uns abends mit dem Käfer vom Morgen abgefunden, so mussten wir am darauf folgenden Morgen eine weitere Veränderung hinnehmen; der Käfer wuchs und wuchs, über Nacht und stets um das Doppelte seines vorherigen Ausmaßes. Aber nach der üblichen Zeit, die man benötigt, um Abstand und Einsicht zu gewinnen, nahmen wir das ungeheure Wachstum des Tieres ergeben hin. Keiner sprach mehr von »unästhetisch«, niemand rief mehr »igitt«, wir wunderten uns nicht einmal mehr. Als der Käfer begann, einen beträchtlichen Teil unseres Wohnzimmers auszufüllen, rückten wir stillschweigend unser Mobiliar in die leere Ecke und richteten uns dort ein. Ärgerlich wurde es vorübergehend, als der Käfer das ganze Zimmer einnahm. Jedoch traf uns diese Entwicklung nicht unvorbereitet; nach und nach hatten wir ohnehin unser gemeinsames Leben in das Nachbarzimmer verlegt. Nicht einmal, als der Kopf des Tieres begann, durch die Tür in das Nachbarzimmer einzudringen und sich dort auszudehnen, waren wir sonderlich erstaunt.

Schließlich – nach einem heftigen Streit mit unserem Hauswirt, der für unsere Rücksichtnahme wenig Verständnis zeigte – zogen wir aus, ohne Möbel, ohne alles, jeder in eine andere Gegend.

Von Zeit zu Zeit trafen wir uns. Jeder von uns wusste auch in seinem neuen Domizil von einem Käfer zu berichten, fast wie ein Maikäfer, nur dunkler und etwas größer.

DER SCHAUSPIELER

Als er aus dem großen weißen Haus tritt, ist es Mittag. Später Mittag. Wie immer wandern seine Augen über die lange Reihe der Schaukästen mit den Fotos – eindrucksvollen Fotos – wirklich eine hervorragende Fotografin.

Die Uhr drüben am Hauptbahnhof zeigt halb drei. Dann wartet sie schon auf mich. Unschlüssig steht er für Sekunden im Gewühl von gaffenden Augen, schlägt dann den Weg in eine Seitenstraße ein. Hier sind die Leute geschäftig, gehen eigenen Dingen nach, kaum einer schaut ihn an, erkennt ihn.

Er will Ruhe haben, allein sein, nicht reden, nicht zuhören, keine Blicke auf sich fühlen...

Wo, zum Teufel, sind die Zigaretten? Nervös zittern die Hände von einer Tasche in die nächste. Da – endlich! Er fingert in der kleinen, zerknüllten Packung, zieht eine Zigarette hervor, zündet sie mit hastig aus dem Briefchen gerissenem Streichholz an, atmet tief durch die Lunge. Seine Züge entspannen sich, die Hände sind nicht mehr verkrampft geballt.

Die Ruhe währt nur Sekunden. Sein Gesicht spannt sich erneut, die Hände bewegen sich fahrig, unkontrolliert.

Wie gut er diesen Zustand kennt, diesen Schmerz, der nicht zu lokalisieren ist, dieses Stechen, dieses Zerren an den Nerven, das quälender wird mit jedem Schritt, mit dem er sich weiter von dem weißen Haus entfernt. Er weiß, wohin das wieder führen wird.

Die kleine Kneipe hat schon geöffnet, wie immer. Still ist es hier und dunkel, angenehm für die gereizten Augen. Der Wirt kennt ihn, weiß Bescheid, nickt kurz, lässt ihn in Ruhe. – Ein Bier, einen Doppelten.

Unter der Last dieser Begabung muss man zusammenbrechen. Oder sich betäuben, vergessen. Nur nicht denken, fühlen. Stumpf werden und angenehm matt, gleichgültig. Wenn auch nur für ein paar Stunden. Wenn auch das Aufwachen einer Katastrophe gleicht. – Noch einmal dasselbe, bitte!

Gibt es das: Menschen, die unter einem Fluch leben vom ersten Tag an? Deren Leben, deren Tun zur Freude, zum Glück wird für andere und zur Qual für sie selbst? Wenn doch das alles ein Ende hätte! Und endlich Ruhe, Dunkelheit, Nichts...

All diese namenlosen Schemen, die er nicht kennt, die aber ihn überall sofort erkennen und nach jeder noch so kleinen Offenbarung seiner Person haschen, lechzen, gieren. Diese jungen Mädchen, die ihr Leben geben würden für ein Lächeln von ihm, diese reifen Frauen, aus deren nackten Augen das Verlangen springt, diese alten Damen, die am Kaffeetisch den Freundinnen stolz sein Autogramm zeigen. – Noch einen Doppelten!

Einmal nach Hause kommen, ohne ihrem lieben, ständig fragenden Blick zu begegnen! Ihrer ewigen Angst: Hat er schon wieder...? Ja, er hat, verdammt nochmal! – Ein Bier!

Wie eine Hetzjagd ist das. Sie lauern, packen zu, erpressen, zwingen, demütigen – alle. Und geben vor zu lieben.

Hab ich mir den Ruhm gewünscht? Nein – oder doch, ja! Großes schaffen in der Kunst, ja, das hab ich gewollt. Aber nicht so – nicht so. Nicht zu diesem Preis. Nicht um für den kurzen Glücksmoment mit immerwährender Qual zu zahlen. – Noch einen Doppelten!

Ständig gehetzt. Von anderen und – was schlimmer ist – von sich selbst. Ringen, bluten, verzweifeln – schaffen. Aber wer weiß das schon? Nicht die, die er jeden Abend anregt, begeistert, herausfordert, bewegt, beglückt. Und die, die mit ihm arbeiten? Auch die nicht, sie wissen es nicht, nichts wissen sie!

Wo – hinter all diesen fremden Menschen, Gedanken und

Gefühlen, denen er Abend für Abend seinen Körper leiht, sein Ich ausliefert – wo ist er selbst? Wer ist er selbst? All diese Gestalten, die in ihm streiten, rivalisieren, sich befehden, einander nicht ertragen können – eines Tages werden sie ihn vernichten, auslöschen oder zersprengen. Vielleicht haben sie's schon getan, und ich weiß es nur nicht. – Einen Doppelten!

Da ist sie wieder, diese Woge von Gestalten, Schemen, Schatten, die in ihm ihr eigenes Leben führen, sich ausdehnen, Raum frech beanspruchen und sein Ich aushöhlen. Sein Gesicht ist heiß, sein Kopf schmerzt, der Atem geht schwer. – Noch einen Doppelten, und ein Bier!

Diese unselige, beseligende Leidenschaft, diese an Wahnsinn grenzende Leidenschaft, die ihn wie unter Zwang handeln lässt und die ihn verzehrt. Langsam, hartnäckig, unerbittlich. Wie die Flamme, die das Wachs der Kerze frisst.

Die Gestalten bannen, bewältigen, formen. Drinnen im weißen Haus ist er ihr Meister. Oben auf der Bühne oder wenn er aus dem dunklen Zuschauerraum, von seinem Pult aus, Anweisungen gibt. Aber draußen ist er ihnen hilflos ausgeliefert. Sie werfen sich auf ihn, zerfleischen ihn. Kalter Schweiß. Entsetzen!

Der Wirt kommt an seinen Tisch. Es ist sieben – um acht beginnt die Vorstellung. – Nur noch einen Doppelten, einen letzten!

Schwer erhebt er sich, wankt hinaus, zurück in das weiße Haus. Morgen weiß es die ganze Stadt… Und sie – sie wird mich anschauen mit diesem Blick… Ich hasse sie, nein, ich liebe sie – was macht das für einen Unterschied… Sie kann mir nicht helfen, auch sie nicht, niemand, nichts kann helfen…

Der Vorhang hebt sich, im dunklen Saal lauert gespannte Aufmerksamkeit. Er hat sich gefangen. Er spielt, ist herrlich, wunderbar, einzigartig, göttlich!

Im zweiten Akt plötzlich Feuerschein, Getöse, Kreise,

Blitze – Dunkelheit. Dumpf schlägt sein Körper auf. Der schwere Vorhang senkt sich langsam. Im Saal einstimmiges, beklommenes Stöhnen.

Nach einer Weile erscheint ein Herr in Schwarz vor den Falten des Vorhangs. Die murmelnde Spannung im Saal verstummt. Der Herr teilt mit, Herr X. habe soeben einen Schwächeanfall erlitten. Bedauerlicherweise müsse die Vorstellung abgebrochen werden. Da die Aufführung sich bereits am Ende des zweiten Aktes befunden habe, könne leider keine Erstattung des Eintrittspreises erfolgen.

DIE FRAU IN SCHWARZ

Zum Teufel, muss dieses Weib mit ihren Schritten so einen Höllenlärm veranstalten! Das ist nicht zum Aushalten! Dreimal am Tag marschiert sie mit ihrem Köter ausgerechnet hier vorbei, vor meinem Fenster, wo ich sitze und arbeite, mich konzentrieren muss, mir den Kopf zermartere. Und wie sie aussieht! Wie eine Vogelscheuche. Alles schwarz – die Jacke schwarz, die Hosen schwarz, die Stiefel schwarz. Sogar der Hund ist schwarz! Bei jedem Wetter rast sie mit knallenden Absätzen durch die Straße. Rücksichtslos. Merkt überhaupt nicht, wie sehr sie die Leute belästigt. Alles ist still und ruhig in diesem Viertel. Nur deshalb habe ich diese Wohnung genommen – weil man hier in Ruhe arbeiten und schreiben kann und nicht gestört wird. Dachte ich. Und nun dreimal täglich dieser Krach. Immer, fast immer, zur selben Zeit.

Du liebes bisschen, steht er schon wieder am Fenster und gafft! Hat er nichts zu tun? Na, der muss ja Zeit haben. Fast jedes Mal, wenn ich hier vorbeikomme, glotzt er heraus. Sicher ein Arbeitsloser! Aber – was gibt es denn zu sehen, wenn eine Frau ihren Hund ausführt? Sonst passiert doch nichts in dieser Gegend. Oder steht er den ganzen Tag da hinter der Scheibe und wartet darauf, dass etwas geschieht? Aber was soll hier schon sein! Vielleicht verlässt mal jemand sein Haus, um ins Auto zu steigen oder zur Bushaltestelle vorn an der Ecke zu laufen. Das war's dann. Ein Viertel, wo es sich lohnt, das Kissen ins Fenster zu legen und stundenlang das Treiben draußen zu beobachten, ist dies wirklich nicht.

Verflucht! Gerade hatte ich den Faden wieder gefunden, gerade war mir ein großartiger Satz eingefallen, der den Gedanken elegant weitergeführt hätte... Und nun wieder dieses Tack, tack, tack auf dem Pflaster, das einen völlig aus dem Konzept bringt. Der Satz ist natürlich weg. Ermorden könnte ich diese Person. Man sollte Leuten mit solchen Absätzen und solchen Schritten verbieten, sich in ruhigen Straßen zu bewegen. Warum geht sie nicht mit ihrem Hund in die Fußgängerzone, wo es von Menschen nur so wimmelt und ihr Gang niemandem auffällt? Oder noch besser: ins Wäldchen? Da stört sie höchstens die Vögel. Ach Unsinn, da stört sie niemand, der sandige Boden verschluckt ihre Schritte. Ja, in den Wald sollte sie gehen. Wäre auch viel gesünder für den Hund! – Endlich ist sie weg. Und wo ist jetzt mein Satz? Verdammt!

Nicht zu fassen! Er steht wieder da, wie zur Salzsäule erstarrt. Man könnte meinen, er sei dort festgewachsen. Oder eine Statue. Aber als ich fast vorüber war, hat er eine unwillige Bewegung gemacht, so mit der Hand, als ob er jemanden verscheuchen wollte. Und im Mund hat er eine Zigarette gehabt. Statuen rauchen nicht. Nein, nein, das ist schon ein lebendiger Mann, so um die vierzig schätze ich, ein bisschen älter als ich, aber nicht viel. Was will der von mir? Wenn er nicht so ein finsteres Gesicht machte, könnte ich mir einbilden, er wartet jedes Mal auf mich, ist vielleicht verliebt in mich. Eine Vorstellung... nicht ohne Reiz! Aber mit dieser Miene... Eigentlich – wenn er nicht so düster dreinschauen würde... ich glaube, er sieht gar nicht mal so übel aus. Ziemlich groß muss er sein, das Fensterbrett reicht ihm nur bis zu den Oberschenkeln. Oder die Fenster sind so niedrig. Ach, was soll's!

Ein Glück, dass ich dieses Kapitel gerade abgeschlossen habe! Soll sie ruhig so laut klappern, wie sie will. Bitte sehr, es stört mich nicht. Aber sehen will ich sie doch. Ich muss wissen, ob sie jemals etwas anderes trägt als diese schwarze Hose, die schwarze Kutte (ja, wie eine Kutte sieht das Ding aus) und die schwarzen Stiefel. Der Hund bleibt ja sowieso schwarz. Tatsächlich, alles an ihr ist schwarz, obwohl doch heute so ein herrliches Wetter ist. Hat sie nur schwarze Sachen? Vielleicht ist sie in Trauer. Aber Menschen, die in Trauer sind, gehen nicht so forsch. Die gehen etwas behutsamer, nicht so im Sturmschritt. Wie alt sie wohl sein mag. Ohne Brille kann ich ihr Gesicht nicht gut erkennen. Aber geradezu hässlich scheint sie nicht zu sein. Ziemlich klein. Passt zu dem Hund. Wie ihre Kleidung. Die passt auch zu dem Hund.

Das darf doch nicht wahr sein! Er ist wieder auf Posten! Scheinbar hat er wirklich nichts Besseres zu tun. Am Anfang stand er nur dann und wann dort am Fenster, aber seit einer Woche sehe ich ihn jedes Mal, wenn ich vorbeikomme. Familie hat er wohl keine, denn sonst könnte er sich ja kaum auf meine Zeiten einrichten. Also ist er auch allein. Na ja! Aber es gibt doch noch andere Dinge, mit denen man sich beschäftigen kann, wenn man ohne Familie und Arbeit ist, als am Fenster zu stehen und mit verbiesterter Miene hinauszuschauen. Vielleicht fehlt ihm die Phantasie. Soll er sich doch auch einen Hund anschaffen, dann hat er seinen regelmäßigen Zeitvertreib. Oder lesen. Mein Gott, was gäbe ich darum, wenn ich ein bisschen mehr Zeit zum Lesen hätte! Jeden Abend noch zu Hause über Grundrissen und Ausstattungskatalogen zu sitzen, um für andere ein gemütliches oder repräsentatives oder ausgeflipptes Heim zu basteln, das ist auch kein Spaß. Er hat Zeit, so viel er will. Und was tut er? Steht am Fenster!

Heute kann sie so viel tack, tack machen, wie sie will. Ist ohnehin ein schlechter Tag. Ich weiß nicht, wie ich das nächste Kapitel beginnen soll. Gestern lief's hervorragend, aber heute... Paff! Der Kopf ist leer. Am besten warte ich in aller Ruhe auf den rettenden Einfall. – Eigentlich müsste sie bald kommen. Ah, ich höre sie schon. Da ist sie. Immer kommt sie allein. Sie hat noch nie jemand bei sich gehabt. Außer dem Hund natürlich. Anscheinend ist sie auch ohne Anhang. Tja, gibt ja heute fast nur noch Singles. Ob sie keine Arbeit hat? Wieso kann sie ihren Hund jeden Mittag um dieselbe Zeit ausführen? In der Mittagspause wär's natürlich möglich. Aber immer um dieselbe Zeit? – Was für Absätze haben ihre Stiefel eigentlich, dass sie einen solchen Lärm verursachen. Nein, metallbeschlagene Stöckel sind das nicht. Ganz bequeme, halbhohe Absätze. Was, bitte, macht da diesen Krach? Gut, sie geht schnell und energisch, aber das allein kann's ja nicht sein. Möglich, dass sie Metallhalbmonde drunter hat. Aber gibt es die überhaupt noch? – Jetzt ist sie fort. Sie ist immer so schnell vorbei, als ob sie in Eile wäre. Warum gehe ich eigentlich nicht mal – ganz zufällig – raus, wenn sie kommt, so als ob ich einen Spaziergang machte?

Natürlich steht er wieder da am Fenster. Hätte mich wirklich gewundert, wenn der Platz einmal leer gewesen wäre. So langsam gewöhne ich mich an seinen Anblick. Ohne ihn würde mir fast etwas fehlen. Jetzt gerade hat er viel freundlicher geguckt, nicht so verbiestert wie sonst. Sicher ist er sauer, dass er keine Arbeit hat. Ist ja auch nicht witzig. Aber vom Finster-Schauen wird nichts besser. Warum geht er nicht mal spazieren? Vielleicht gerade, wenn ich hier vorbeikomme. Dann könnten wir uns mal begegnen ohne diese blöde Scheibe dazwischen. Vielleicht würde er mich ansprechen – oder ich ihn...? Jedenfalls könnte man irgendwie ins Gespräch kommen, und ich würde ein bisschen über ihn erfahren. Ach, Unsinn! Was interessiert der mich denn; was, bitte, fang ich mit einem Arbeitslosen an, der ständig aus dem Fenster starrt und die Zeit totschlägt?

Da kommt sie. Wieder in Schwarz. Na ja. Schlecht steht es ihr nicht. – Wenn ich wirklich mal zu ihrer Zeit auf die Straße ginge ... Und dann? Spreche ich sie einfach an? Am Ende denkt sie noch, ich suche Anschluss. Lächerlich! Bei meiner Arbeit kann ich es mir gar nicht leisten, einen pausenlos schnatternden Menschen um mich herumwuseln zu lassen. Und noch dazu eine Frau. So regelmäßig, wie sie ihren Hund ausführt, wird sie sicher auch staubsaugen und wischen und das Essen auf den Tisch bringen. Pünktlich auf die Minute. Grässliche Vorstellung! – Am Anfang hat sie mich gar nicht bemerkt – Kunststück! – ich mache auch nicht solchen Lärm –, aber jetzt schaut sie jedes Mal sofort zu meinem Fenster. Ob sie es falsch verstehen würde, wenn ich winke, so in einer Art Andeutung? Denn schließlich – vom Sehen kennen wir uns doch schon.

Was war denn das? Diese Handbewegung ... Sollte das etwa ein Winken sein? Hätte ich zurückwinken sollen? Nein, ich kenne ihn doch überhaupt nicht. Na gut, vom Sehen schon. Aber das zählt nicht. Wahrscheinlich sucht er Kontakt. So, wie er da immer am Fenster steht – vermutlich ist er sehr einsam, hat keine Freunde. Aber auf diese Weise macht man keine Bekanntschaften. Da muss er sich schon aus seinem Bau herausbemühen und unter Leute gehen. Was weiß ich, ins Café oder ins Theater. Obwohl – schwierig ist das auch dort. Man kann nicht einfach wildfremde Menschen ohne Grund anreden und in ein Gespräch verwickeln. Man kann schon, aber wer macht das denn? – Ach egal, das ist sein Problem, ich habe schließlich Freunde und bin sehr zufrieden mit meinem Leben so, wie es ist. Ich müsste ja verrückt sein, mich auf eine Bekanntschaft mit einem völlig Fremden einzulassen. Wer weiß, was das für unangenehme Überraschungen nach sich ziehen könnte. So ein Einzelgänger und Sonderling, wie er zu sein scheint, ist meistens schwierig. Eigenwillig. Kapriziös. Und egoistisch. Das hab ich wirklich nicht nötig, mir einen Haufen Ärger aufzuladen.

Sie hätte doch eigentlich zurückwinken können. Eine ziemlich sture Person muss das sein. Oder hochnäsig. Was bildet sie sich ein, wer sie ist? Rennt immer hier vorbei, schaut jedes Mal zu meinem Fenster hoch, und wenn ich mich zu einer freundlichen Geste durchringe, reagiert sie nicht. Oder ist sie schüchtern, verklemmt? Wenn sie auch allein lebt, könnte sie doch ein bisschen offener sein. Was schadet das schon, so ein Winken. Damit vergibt sie sich wirklich nichts. Oder meint sie, mit einer kleinen Geste würde sie gleich eine Beziehung anfangen? Idiotisch. Am Ende ist sie geschieden und eine Männerhasserin. Geschiedene Frauen sind heikel, die liegen mir eigentlich nicht. Würde sie mir gefallen, wenn sie geschieden wäre? Wieso gefallen? Sie gefällt mir doch sowieso nicht. Sie geht mir auf die Nerven!

Natürlich! Er steht da, als ob er in der Zwischenzeit den Platz am Fenster gar nicht verlassen hätte. Gardinen scheint es bei ihm nicht zu geben. Am Fenster nebenan, das sicher noch zu seiner Wohnung gehört, hängen auch keine. Nur ein paar Pflanzen stehen auf dem Fensterbrett. Dann ist er wohl nicht gerade konventionell. Aber vielleicht ist er nur zu faul. Gardinen müssen schließlich von Zeit zu Zeit gewaschen werden! – Das müssten meine Auftraggeber sehen. Die wollen Wolkengardinen und Raffung hier, Raffung dort. Jedenfalls die meisten. Zumindest Stores sollen vor die Fenster und vor unerwünschten Einblicken schützen. So drücken die das aus. Die jungen Leute sind da anders, die haben mit Gardinen nicht mehr viel am Hut. – Diesmal hat er nicht gewinkt. Ist er beleidigt, weil ich nicht zurückgewinkt habe?

Hat dieses Nicken mir gegolten? Oder war das nur eine unkontrollierte, zufällige Kopfbewegung? Kann sie nicht einfach eine Handbewegung machen, die eindeutig als Winken oder etwas in der Art zu erkennen ist. Jetzt darf ich den ganzen Nachmittag rätseln, wie das wohl gemeint war. Wenn es ein Gruß sein sollte, könnte ich heute Abend noch einmal winken. Wenn nicht … dann mach ich mich ja lächerlich mit meiner Winkerei. Sie muss denken, ich suche die Bekanntschaft von Passanten. Dabei ist mir so etwas noch nie passiert. Der Lärm, den sie veranstaltet, hat mich überhaupt erst auf sie aufmerksam werden lassen. Sie hat das provoziert. Ich will doch gar nichts von ihr. Sie ist mir völlig egal. Es ist nur ... ihre Schritte bringen mich jedes Mal, wenn sie vorbeirast, aus dem Konzept, und da werde ich doch mal nachschauen dürfen, wer diese Ruhestörerin ist. Es interessiert mich, wer meine Arbeit an dem Buch immer so rücksichtslos unterbricht.

Du meine Güte, was ist denn das für ein Typ? Erst winkt er mir zu, und wenn ich freundlich nicke, steht er stocksteif da wie ein Denkmal und rührt sich nicht. Was sollte dann das Winken? Vielleicht hat das gar nicht mir gegolten, war nur so eine zerstreute Handbewegung. Aber macht man ganz zufällig eine Handbewegung, die wie ein Winken aussieht? Oder lebt er doch nicht allein? Und das, was ich für Winken gehalten habe, war für jemanden hinter ihm im Raum bestimmt, eine abwehrende oder beschwichtigende Geste. Seine Lippen haben sich zwar nicht bewegt, aber vielleicht spricht er nicht viel, und eine Geste genügt, um sich verständlich zu machen. Das würde ihn direkt sympathisch machen. Wo heute ständig geplappert und geschwätzt wird, wäre ein ruhiger Mann sehr angenehm. Aber was überlege ich denn da! Ich habe mir nach dem Fiasko mit Ulrich und der Geschichte mit Harald geschworen, allein zu bleiben. Vielleicht nicht bis in alle Ewigkeit, aber doch erst mal für eine längere Zeit. Das würde auch Kathrinchen gut tun, ein bisschen Ruhe zu Hause. Sie ist zwar schon ein großes Mädchen, aber ... Wir brauchen im Moment wirklich keinen neuen »Vater«. Der sich in die Erziehung einmischt, sagt, wo es lang geht, oder – schrecklich die Vorstellung, aber heute muss man auch das bedenken – womöglich Kathrinchen was antut. Nein, nein – ein Partner kommt fürs Erste gar nicht in Frage! – Aber winken hätte er ja wenigstens können.

Ich tu's einfach! Einmal, ja, einmal noch werde ich winken, um zu sehen, wie sie reagiert. Wenn sie mich wieder ins Leere laufen lässt, soll sie mir gestohlen bleiben. Dann ist sie einfach eine blöde, sture, gehemmte oder arrogante Person. Ich werde dann nicht mehr aufstehen, wenn sie vorbeiknallt. Und meinen Arbeitsplatz ins andere Zimmer verlegen, in das, das zum Gärtchen hinausgeht. Damit ich ihre dröhnenden Schritte nicht mehr höre. Dort kann sie meine Arbeit nicht mehr unterbrechen und mir meine Gedanken stehlen. – Und wenn sie zurückwinkt? Was dann? Sollen wir uns dann weiterhin immer wieder nur zuwinken? Das ist ein bisschen albern. Soll ich das Fenster öffnen und sie hereinbitten? Auf einen Kaffee. Oder Tee. Nein, damit würde ich sie erschrecken. Sie müsste ablehnen. Wer geht denn schon so mir nichts dir nichts zu einem wildfremden Menschen in die Wohnung, selbst wenn er ihn seit einiger Zeit vom Sehen kennt! Bis jetzt haben wir kein Wort miteinander gewechselt. Nichts wissen wir voneinander. Wenn sie unter diesen Umständen meine Einladung annähme, wäre das sehr auffällig und ließe Schlüsse auf ihre Person zu, die alles andere als angenehm wären. Und ich will auch keine fremde Frau hier in meinem Zimmer haben. Wer weiß, als was für ein Mensch sie sich entpuppen würde, ob ich sie je wieder aus der Wohnung herausbekäme. Nein, nein! Wie komme ich nur auf eine solche Idee! Ich, der das Alleinsein liebt, die Arbeit in Ruhe und Frieden, den Tagesablauf nach meinen Bedürfnissen. Was ist denn in mich gefahren? – Aber winken kann ich ja noch einmal. Und wenn sie grüßt, nicht so vage mit einem nicht einzuordnenden Nicken, sondern ganz eindeutig, dann kann ich mir immer noch überlegen, was ich tun werde.

Na gut, diesmal winkt er wieder, also winke ich einfach zurück. Das Nicken hat er offenbar nicht verstanden. Ein bisschen begriffsstutzig scheint er zu sein. Wenig sensibel. Begreift nur mit dem Holzhammer. – Sehe ich richtig? Lacht er tatsächlich? Ja, er strahlt geradezu und nickt immer wieder. Und hört gar nicht auf zu winken. Soll ich jetzt stehen bleiben? Vielleicht öffnet er dann das Fenster, und wir können ein paar belanglose Worte wechseln? Aber was sollen wir uns sagen? Oder besser zurufen, denn auf diese Entfernung kann man sich nur schreiend verständigen. Zur Freude der ganzen Nachbarschaft, die jedes Wort mitkriegt! Nein, ich gehe langsam mit dem Hund weiter. Wenn er was will, kann er ja herunterkommen. *Ich* will nichts von ihm! Ich habe gar keine Zeit, mit einem Fremden zu palavern. Zu Hause liegt ein Stapel Arbeit, der muss erledigt werden.

Sie hat zurückgewinkt. Sie hat tatsächlich zurückgewinkt! Wenn sie nicht schon wieder vorüber wäre, hätte ich am liebsten das Fenster aufgerissen und ihr etwas zugerufen. Aber sie ist immer so schnell fort. Allerdings – jetzt gerade kam es mir so vor, als sei sie ein wenig langsamer gelaufen. Ihr Tack, tack habe ich gar nicht wahrgenommen. – Und was soll nun werden? Wollen wir uns jedesmal zuwinken, vielleicht ein wenig lächeln, nicken? Nein, das wäre wirklich lächerlich. Ich sollte morgen Mittag einfach hinuntergehen, so tun, als ob ich einen Spaziergang mache, und sie ansprechen, wenn sie mit dem Hund vorbeikommt. Vielleicht kann man sich dann irgendwohin verabreden, hier draußen ist ja nichts, kein Café, kein Restaurant, absolut nichts, wo man sich in angenehmer Atmosphäre und in Ruhe unterhalten könnte.

Und nun? Jetzt bin ich mal gespannt, wie es weitergeht. Was er sich einfallen lässt. Oder ob er nun ständig winkend am Fenster steht. Und weiter passiert nichts. Wenn das der Fall ist, werde ich in Zukunft einen anderen Weg nehmen. Dem Hund ist das egal, durch welche Straßen ich laufe. Und mir auch. Dieser Typ soll sich nur nicht einbilden, dass ich seinetwegen hier entlanggehe. Ich habe Besseres zu tun, als auf Männer zu achten, die am Fenster stehen, in die Gegend stieren und winken. Das ganze Theater ist ziemlich lächerlich. – Aber interessieren würd's mich schon, was er so macht, wie er lebt, was für ein Mensch das ist. Irgendwie hat er mich neugierig gemacht. Was will ich eigentlich? Und was erzähl ich Kathrinchen? Gesetzt den Fall, ich lerne ihn irgendwann schließlich doch einmal kennen. Ach, bis jetzt ist nichts gewesen. Abwarten! Und Ruhe bewahren!

Sie ist etwas kleiner, als ich gedacht habe. Zierlich. Diese Kutte verdeckt zwar alles, aber sie scheint schlank zu sein. Jetzt bleibt sie stehen, der Hund hebt sein Bein. Ob sie mich schon entdeckt hat, kann ich auf diese Entfernung ohne Brille nicht erkennen. Ich hätte sie vielleicht doch aufsetzen sollen. Aber mit Brille – da seh ich wirklich nicht berauschend aus. Ah, sie hat mich offenbar bemerkt, hat wieder ihren Sturmschritt eingelegt und – lächelt sie mich an? Hätte ich doch bloß die Brille...

Hat er's also doch endlich gepackt! Ich hab ihn schon von weitem gesehen, aber so getan, als wäre mir nichts aufgefallen. Er ist, wie ich vermutet habe, ziemlich groß. Schlecht sieht er nicht aus. Aber das hat nichts zu sagen. Mich interessiert viel mehr, was für ein Typ das ist. Mal sehen, was jetzt passiert. Ob er mich vorbeilaufen lässt oder ob er es wagt, mich anzusprechen.

»Hallo! Sie führen wieder Ihren Hund spazieren?«

Mein Gott, was für eine dämliche Frage! Aber irgendwie muss er ja anfangen.

»Ja, wie immer um diese Zeit, das ist Ihrem Scharfsinn nicht entgangen. Sie haben ja immer oben am Fenster gestanden.«

Ein bisschen schnippisch ist sie, aber sie hat so ein entwaffnend nettes Lächeln dabei, dass man ihr nicht böse sein kann.

»Die Sache ist die, dass Ihre Schritte, wie soll ich sagen, Ihr Gang ist immer so geräuschvoll, dass ich bei meiner Arbeit aus dem Konzept gerate.«

»Mein Gang ist was...?«

Wie soll ich ihr das hier auf der Straße klar machen? So kurz und knapp. Außerdem seh ich in ihrem Blick Empörung. Sie rüstet sich zum Kampf. Bloß das nicht. Das fehlte noch, ein Eklat mitten auf der Straße. Wahrscheinlich stehen die Spanner hier sowieso schon hinter der Gardine und beobachten uns.

»Vielleicht kann ich Ihnen das bei einem Kaffee oder Tee erklären. Unten in der Fußgängerzone gibt es ein ganz hübsches Café. Dort könnten wir uns in Ruhe unterhalten.«

»Ja, warum nicht.«

Da bin ich aber neugierig, was er mir erzählen wird!

»Morgen um diese Zeit? »Bei Walthers« am Markt?«

»Ja, das passt. Also dann ... Bis dann.«

DAS TAGEBUCH

Kein Schrei – nur ein dumpfer Knall, dann das klatschende Aufschlagen des Körpers auf dem Pflaster. Dann erst der schrille Schrei von Anja, langgezogen, ohne Ende.

Thomas, der tolle Hecht, Thomas mit seinem Cabrio, Thomas, der alles kann und alles managt, Thomas mit seinen windigen Geschäften – Thomas sitzt auf dem Bettrand, hält ein Buch in der Hand, ein Buch aus rotem Samt mit Blumenmedaillon und goldener Schließe – einen leichten Hang zum Kitsch hat sie ja gehabt, die Veronika. Er hat Angst, es zu öffnen, Veros Tagebuch. Deshalb hat sie's ihm also vorgestern zugesteckt; hat sie erwartet, dass er es sofort liest? Vielleicht steht was drin von ihrem Plan. Hat sie gehofft, er würde sie davon abhalten, sie auf ewig in seinen Armen festhalten? Wut steigt in ihm hoch, die spinnt doch wohl, was die sich einbildet, immer hat die sich so geklammert, von Anfang an...

Aber interessieren tut's ihn doch, was sie da so geschrieben hat. Zögernd schiebt Thomas den Verschlussring zurück, die Schließe öffnet sich.

Auf der ersten Seite geht es gleich los mit dem Abend auf dem Rummel. Hat sie das Buch etwa seinetwegen angefangen? Das wäre typisch, so überdreht, wie sie war. Sie hat gar nicht geschnallt, dass er Pam auf Anhieb gut fand und nicht sie, Vero. Pam war so leicht, so fröhlich, so lebendig, dagegen wirkte Vero steif, geradezu verkrampft. Hätte ihn Micha doch nur nicht mitgeschleppt damals auf den Rummel, dann hätte das ganze Theater nicht stattgefunden. Dass er von Pam hingerissen war, hat Vero

123

nicht einmal wahrhaben wollen, als er schon fast mit Pam zusammen war. Nein, sie hat sich unbedingt dazwischendrängen müssen, hat sich einfach zu ihm ins Bett gelegt, obwohl das sonst gar nicht ihr Ding war. Er hat damals nicht schlecht gestaunt, wie schnell das bei ihr ging.

Wann ist das eigentlich gewesen? Ach ja, gleich nachdem die beiden, Pam und Vero, von der Klassenfahrt zurück waren. Obwohl er an Pam und nicht an Vero geschrieben hatte. Obwohl er Pam und nicht Vero Blumen an den Zug gebracht hatte. Verrückt, wirklich verrückt das Ganze.

Micha ist in Vero verknallt gewesen, aber das hat Vero gar nicht zur Kenntnis genommen. Höchstens mal ausgeweint hat sie sich bei ihm. Den hat sie ganz schön benutzt – und angeschmiert. Der hat doch immer noch gehofft. War aber nichts.

Thomas blättert weiter. Was denn, Probleme mit den Eltern hat sie auch gehabt? Die haben sich offenbar dauernd in der Wolle gehabt und dann alles an ihr ausgelassen. Davon hat er gar nichts gewusst. Na ja, es hätte ihn ja auch nicht groß interessiert. Aber nach dem Drama, das sie hier beschreibt, dem ganzen Tanz wegen der Pille und so, da ist es ja kein Wunder, dass sie so schräg drauf war.

Er überschlägt ein paar Seiten. Langweilig, so Beschreibungen von einem Mädchen. Immer diese Gefühlsduselei, öde, furchtbar öde.

Aber hier – da beschreibt sie plötzlich einen Traum. Mann, das ist ja'n Ding. Hat sie das geträumt oder sich ausgedacht? Nee, geträumt, so richtig im Schlaf, hat sie's wohl nicht, denn sie schreibt, sie hat in der Schule gesessen, und dann ist sie plötzlich weggetreten. Das ist ja wirklich der Hammer, sitzt die im Klassenzimmer auf einmal mitten in der Wüste und erlebt die tollsten Sachen. Das hat man gar nicht mitgekriegt bei ihr, dass sie so viel Phantasie hatte. Vielleicht hat er sie doch nicht richtig gekannt, vielleicht war sie viel toller, als er sie eingeschätzt hat. Damals bei dem Überfall auf die kleine Sparkassenfiliale war ja so ein Ansatz zu merken. Er hätte es nie für möglich gehalten, dass sie da überhaupt mitmachen würde. Mal gucken, ob was drinsteht darüber.

Ist die denn wahnsinnig?! Schildert die doch haarklein den ganzen Ablauf. Jetzt braucht er nur noch das Tagebuch der Kripo zu übergeben, und die werden alle befördert. Die suchen doch immer noch verzweifelt nach den »jugendlichen Tätern«. Die Vero ist wirklich verrückt gewesen. Das Tagebuch muss so schnell wie möglich verschwinden. Bloß wo? Er muss sich was einfallen lassen.

Ach ja, und jetzt kommen die Lobeshymnen auf Anja, die Anja aus dem Jugendheim. Er kennt die Anja viel länger als Vero. Nichts Besonderes. Eine stink-normale Arbeiterin. Was die Vero an der Anja so begeistert hat, wird er nie verstehen. Die beiden haben überhaupt nicht zusammengepasst – die Vero aus der Arztfamilie und die Anja mit ihren Schokoküssen am Fließband. Aber da war Vero wohl schon auf ihrem Sozialtrip, Omas betütern, Kinder hüten und so. Da passte die Anja als Sozialfall ins Bild.

»Meine beste Freundin« steht hier, und damit ist Anja gemeint. Von wegen beste Freundin! Er glaubt nicht, dass Anja sich was aus Vero gemacht hat. Aber ihm kann's egal sein. Vero hat sich immer was vorgemacht. Auch als sie endlich mitbekommen hat, was er da im Jugendheim zu schaffen hat. Mein Gott, hat sie einen Aufstand gemacht um die paar Gramm. Es hat gezeigt, dass sie nicht die leiseste Ahnung vom Leben hatte – das verwöhnte und behütete Arzttöchterlein. Was hat sie denn geglaubt, was die Leute ohne Arbeit und die mit ganz wenig Knete und ohne Hoffnung auf bessere Zeiten abends so tun? Vergessen wollen sie ihre Scheiße und sonst nichts. Aber Vero hat sich aufgespielt, als ob es ein Verbrechen wäre, denen ein bisschen beim Vergessen zu helfen. Klar, er hat auch dran verdient, aber leben muss er schließlich auch. Der Cabrio läuft nicht mit Wasser, und von nichts konnte er mit Vero auch nicht ins Kino gehen oder stundenlang im Café hocken und einen Eisbecher nach dem anderen bestellen. Das sind die Richtigen, alles für selbstverständlich nehmen, aber wenn sie dahinterkommen, woher das Geld fließt, dann die Empörten spielen. Dabei ist das Milieu nicht einmal ungefährlich für ihn. Die Konkurrenz ist groß, und wenn du mal nicht spurst...

Jetzt wird's wieder wehleidig. Sie beklagt sich im Tagebuch über ihn. Sie fühlt sich ausgenutzt und nicht verstanden. Er, Thomas, ist lieblos, ohne Gefühle, ein eiskalter Typ. Na ja, wenn sie meint. Er hat keine Zeit für Gefühle. Die sind heute auch gar nicht gefragt. Cool sein ist alles. Nur solche Dämchen aus reichem Haus können sich Gefühle noch leisten. Die dürfen sogar spinnen, so wie Vero. Und was heißt hier ausgenutzt! Als ob sie Micha nicht auch benutzt hätte. Wenn sie ihn gebraucht hat, war er gut genug. Und er weiß, dass Micha geradezu verrückt nach Vero war. Alles hätte er für sie getan, ihr den Mond runtergeholt und in Scheiben auf dem Teller serviert, mit Schokoladensoße übergossen. Aber sie hat ihn nicht gewollt. Hat es ihm schließlich, viel zu spät, auch knallhart gesagt. Aber ihn, Thomas, beschimpfen! Na, macht nichts, er hat schon für viele im Leben den Sündenbock abgegeben, das kann ihn nicht kratzen.

Und jetzt kommt der Hammer. Da schreibt sie doch tatsächlich, dass sie genug hat, von ihm, von ihren Eltern, von der Schule, den Freunden, von allem einfach. Und dass sie Schluss machen will. Die macht sich's einfach. Oder hat sie gewollt, dass er sie zurückhält, dass er sie beschwört, am Leben zu bleiben, dass er ihr versichert, dass er sie liebt? Was hat sie sich bloß vorgestellt? Er hat sie ganz gern gemocht, ja, aber geliebt...? Und er hält auch keinen zurück. Wer Schluss machen will, soll's tun. Das ist jedermanns eigene Entscheidung. Da soll keiner reinreden.

Obwohl – Thomas schließt das Buch und legt sich zurück auf

die Kissen und starrt an die Decke – obwohl, schlimm war die Sache schon, ein richtiger Schock für alle, die es gesehen haben. Schrecklich, alles so plötzlich zu Ende. Kein Schrei – nur ein dumpfer Knall und das klatschende Aufschlagen des Körpers auf dem Pflaster. Dann erst der schrille Schrei von Anja, lang-gezogen, ohne Ende.

VERLORENE ZUKUNFT

Sie standen alle auf dem weiten grünen Feld und warteten darauf, das kleine, gleißende Sportflugzeug besteigen zu dürfen. Es sollte sie forttragen zu einem Ziel, nach dem sie sich lange schon gesehnt hatten. Der silberne Vogel hockte im Gras, genoss die Mittagssonne und erwartete die Fluggäste, um wieder aufsteigen zu können in den klaren blauen Himmel.

Doch die Gäste schienen einen geheimen Wink, das Zeichen zum Aufbruch, zum Einsteigen in die Maschine noch nicht erhalten zu haben. Sie standen – teils unschlüssig und ein wenig ungeduldig wartend, teils in eine ferne, glückliche Zukunft träumend –, als plötzlich eine Frau auf sie zuschritt. Keiner hatte sie kommen sehen, obwohl das Land so eben war, dass man jeden schon von weitem bemerken musste; sie gewahrten sie jedoch erst, als sie schon fast vor ihnen stand.

Die Frau, groß und schmal, mit hellen Haaren, die ihr in weichen Wellen auf die Schultern fielen, und einem bleichen, fast durchsichtigen Gesicht, sprach freundlich einige Worte zu ihnen, worauf sich die kleine Gesellschaft, bestehend aus einer Familie mit neun Söhnen und einem jungen Mädchen, in ein kleines Haus zurückzog, das ihnen zuvor nicht aufgefallen war. Auf dem Weg dorthin – leise und heimlich, fast ängstlich flüsternd – verständigten sie sich untereinander, schauten wiederholt zu der langsam sich entfernenden Frau zurück und kamen überein, dass dieses Haus bis vor kurzem nicht hier gestanden habe und dass all dies doch ziemlich mysteriös sei.

Trotzdem schritten sie weiter auf das Gebäude zu. Es schien

sich hier um eine Weisung der Frau zu handeln, die sie halb ehrfürchtig, halb erschreckt und misstrauisch befolgten. Der Vater ging voran, öffnete die Tür, und gemeinsam betraten sie das Innere des Hauses. Es bestand aus zwei großen hellen Räumen, die ihr Licht durch eine Reihe hoher Fenster erhielten. Die beiden Räume waren wohnlich eingerichtet und durch eine breite Glastür voneinander getrennt.

Das erste, was die Gesellschaft verspürte, war eine Art Erleichterung und ein wohliges Gefühl der Geborgenheit. Die Furcht löste sich. In einem so lichten, schönen Haus, was konnte einem da schon geschehen? Es hatte wohl doch alles seine Richtigkeit, und das Haus hatte gewiss schon vorher dort gestanden, nur hatten sie es – unaufmerksam, wie man eben oft war – nicht bemerkt. Alsbald fanden sie, dass dies gar nicht der schlechtere Teil wäre, den die Frau ihnen auferlegt hatte. Ein Flug ist gefahrvoll und der Anfang in einem unbekannten Land nicht leicht, vielleicht gar aussichtslos. Hier aber fanden sie alles, was sie benötigten, und fühlten sich wunderbar beschützt, obgleich sie nicht recht wussten, von wem. Doch in ihrer Phantasie war die fremde Frau bereits zu einer guten Fee geworden, die sie vor Schaden und Unheil bewahrt hatte und auch weiter unsichtbar ihre Hand über sie halten würde.

Nachdem sie gegessen und miteinander beim Wein geplaudert hatten, machten sie es sich in den großen, sie weich umfangenden Sesseln bequem und fühlten, wie eine sanfte, immer schwerer werdende Müdigkeit sich sacht auf sie legte. Sie verloren die Lust, sich zu unterhalten, und dösten schläfrig vor sich hin, den Schlaf erwartend, der sich jedoch seltsamerweise nicht einstellen wollte. Der Weg in den Schlaf führte nicht weiter als bis zum Wunsch nach Schlaf.

Wie lange sie so vor sich hin gedämmert hatten, war ihnen nicht bewusst, als plötzlich ein Scharren und Laufen im Raum hörbar wurde. Die neun Söhne, im Alter zum jeweils jüngeren nicht weit von einander entfernt, hatten sich erhoben. Auf Befragen erklärten sie, ein unerklärlicher Drang zwinge sie dazu, das Zimmer zu verlassen. Sie hielten es hier einfach nicht mehr aus. Langsam gingen sie hinüber in den zweiten Raum und setzten sich an den langen, schmalen, sauber gescheuerten Holztisch. Dort stützten sie den Kopf in die Hände und schauten stumpf vor sich hin.

Den Vater beunruhigte das befremdliche Verhalten seiner Söhne, um so mehr, als sich auch die Erwachsenen in steigendem Maße wie gelähmt fühlten. Jede Bewegung kostete sie eine Anstrengung, als gelte es, ein unsichtbares Netz eine Fessel zu durchbrechen. Er erhob sich mit Mühe und schaute durch die Glastür besorgt auf seine Söhne. Mit einer Frage wandte er sich zurück an seine Frau und das junge Mädchen. Er erhielt keine Antwort. Ärgerlich über ihre Gleichgültigkeit beobachtete er wieder die Jungen und überlegte, was er unternehmen könnte. Als er sich erneut umwandte, saß seine Frau wie zuvor in matter Erstarrung mit halbgeschlossenen Lidern zurückgelehnt im Sessel. Das Mädchen stand plötzlich hinter ihm; ein Grund mehr, seine Nervosität zu steigern. Er betrachtete es prüfend, und das Mädchen hielt mit einem hilflosen Lächeln seinem Blick stand. Es schien längst nicht so apathisch wie seine Frau, und auch dies nährte sein Misstrauen. Ohne es aus den Augen zu lassen, wechselte er ein paar belanglose Sätze mit dem Mädchen. Er sprach kurz, fast ungehalten. Das Mädchen antwortete mit ruhiger, sanfter, wohltönender Stimme. Schließlich zeigte es nach draußen und sagte: »Schauen Sie nur, das Flugzeug ist fort, wir haben es verpasst. Es ist fort – für immer.«

ZELTLAGER

Dieser Wecker ist schon immer zu laut gewesen. Er tastet nach dem Knopf, will den Lärm abstellen, der sich in seine Träume bohrt. Er schlägt die Augen auf. Sechs Uhr. Ach ja, das Zeltlager! Am liebsten würde er die Augen wieder schließen, sich unter der Decke verkriechen, sich tot stellen.

Aber das geht nicht. Vater hat gesagt, geh doch zu den Pfadfindern, da ist immer was los, ich war auch dabei, und die tollen Fahrten, die die machen, Abenteuer, Freiheit und so.

Seit zwei Monaten ist er auch dabei. Und Mutter hat gesagt, fahr doch mit, gönn uns doch mal einen Urlaub zu zweit, der Kleine kommt zu Oma, und du hast Spaß mit deinen Freunden.

Mit deinen Freunden! Dass ich nicht lache. Aber Mutter weiß ja nicht, dass er sich nicht wohlfühlt in der Gruppe. Sie lachen über ihn, vor allem Marcel, weil er so zaghaft ist, nicht viel sagt und sich nichts traut. Kunststück! Marcel ist ja schon seit drei Jahren dabei, kennt den Laden, kennt die Leute, schiebt den Dicken und wird bewundert. Vor allem von den Mädchen. Vor allem von Martina. Martina ist ein ganz besonderes Mädchen, viel netter, als sie manchmal tut, ein Mädchen…

Na ja, hilft nichts, er muss aufstehen. Mutter rumort schon draußen in der Küche rum. Also, auf ins Zeltlager!

Vor dem Fenster ein Regenvorhang. Grau, alles grau. Das passt ja, wie bestellt. Ferien wie im Bilderbuch.

Mutter stürzt mit lärmender Fröhlichkeit ins Zimmer. Du bist schon auf? Siehst du, nun kannst du's gar nicht abwarten, und erst hast du nicht gewollt. Mutter hat mal wieder den totalen

Durchblick. Nur gut, dass alles so schnell geht, waschen, anziehen, frühstücken, die letzten Plünnen einpacken. Hier unten in der Tüte ist das Obst, Paul, iss das, sonst wird es schlecht, und da die Brote, die mit Wurst liegen oben, die Süßigkeiten hab ich extra gepackt. Ach ja, hol noch die Limonade aus dem Kühlschrank, ich hab sie kaltgestellt über Nacht – na ja, ihr werdet ja auch mal Halt machen, dann kannst du dir noch was zu trinken kaufen. Hier ist dein Taschengeld, eine ganze Menge, pass gut auf, dass dir nichts davon wegkommt, du bist doch immer so schusselig.

Fast wie der Wecker, denkt er, aber er sagt nichts. Er denkt daran, wie es wohl werden wird, mit Marcel und Martina und den anderen, 14 Tage lang.

Ah, unser Pfadfinder vor der großen Fahrt ins Abenteuer, dröhnt Vater gutgelaunt, als er in die Küche kommt. Na, schon voller Pläne, was man so aushecken könnte? Ha, ha, ha!

Er ist blass, aber das fällt keinem auf. Ein Pfadfinder hat ja auch keine Angst, der ist ständig in Hochstimmung und denkt immerzu daran, was er wohl für einen Mist anstellen kann. Auch dass er nichts isst, bemerkt niemand, denn der kleine Bruder kommt verschlafen, geweckt von so viel Morgenlärm, auf Socken angetrollt und verzieht das Gesicht. Natürlich, da muss man sich ja um den kümmern.

Im Affenzahn geht's dann zum Treffpunkt. Da stehn sie alle schon. Und Martina steht bei Marcel, klopft Sprüche und albert rum. Und sieht ihn gar nicht. Keiner sieht ihn.

Ab in den Bus. Benimm dich anständig, mach uns keine Schande, viel Spaß, die Unterwäsche ist im Schlafsack eingerollt, die ging nicht mehr in den Rucksack, und schreib auch mal, und vergiss nicht, eine Karte auch an Oma, tschühüs. So viele Stimmen, schlimmer als der Wecker.

Er steigt benommen in den Bus. Ist ja egal, wo er sich hinsetzt, neben ihn setzt sich sowieso keiner, und regnen tut's auch immer noch. Da ganz hinten sind noch zwei Plätze frei, er setzt sich ans Fenster, verstaut seine Tüten, schaut hinaus durch die Regentropfen, die an der Scheibe kleben und dann zu laufen beginnen. Auf der Fahrt kann er die ja zählen, dann hat er wenigstens was zu tun.

Mensch, Paul, warum haste dich denn ans Ende der Welt gesetzt? Na ja, egal, von hier aus können wir jedenfalls sehn, was die andern da vorn für'n Mist bauen.

Und als er völlig verdutzt in ihr lachendes Gesicht sieht, sagt Martina noch: Du hast doch nichts dagegen, dass ich mich zu dir setze, du schüchterner Jüngling, oder?

DER BRIEF

Soll ich ihn abschicken? Er bekommt doch sicher stapelweise Post, Tag für Tag. Mein Brief wird einer unter vielen sein, gar nicht auffallen. Vielleicht liest er ihn nicht einmal selbst, vielleicht hat er einen Sekretär oder eine Sekretärin, die das erledigen. Oh nein, wie peinlich das wäre – eine Sekretärin, die Schreiben auf Schreiben öffnet und amüsiert oder mittlerweile gelangweilt die Ergüsse seiner Verehrerinnen betrachtet. Und dann womöglich statt seiner antwortet. Oder die Lobeshymnen und offenen oder versteckten Liebeserklärungen unbeantwortet in dicken Ordnern ablegt. Er würde nie erfahren, dass ich ihm geschrieben habe. Und was ich ihm geschrieben habe. Möglich aber auch, dass er den Brief doch liest. Und antwortet:

»Liebe Dorothee Hegemann,

Ihr intelligenter, einfühlsamer Kommentar zu meinem »Stück für Orchester und Elektronik« hat mir sehr gefallen. Obwohl Sie betonen, 'nicht vom Fach' zu sein, haben Sie eine Reihe guter und treffender Anmerkungen dazu gemacht.

Lediglich was Sie unter der 'romantischen Verschlingung von instrumentaler und elektronischer Musik' im letzten Satz verstehen, habe ich nicht ganz begriffen. Eine Harmonisierung war von mir nicht beabsichtigt, ganz im Gegenteil. Vielleicht können Sie noch ein wenig genauer erläutern, was Sie meinen, wie Sie die Kombination der Elektronik mit den einzelnen Instrumenten erlebt haben.

Es würde mich freuen, noch einmal von Ihnen zu hören.

Mit freundlichen Grüßen
Ihr Konstantin Weishaupt«

Was mache ich, wenn ich eine solche Antwort von ihm bekomme? Nun ja, mit »Ihr« Konstantin Weishaupt würde er wohl kaum unterzeichnen. Aber ganz gleich – was, wenn er eingehendere Erklärungen von mir verlangt, na ja, nicht verlangt, aber erwartet? Ich habe mich von Gefühlen wegschwemmen lassen, auch von meinen Gefühlen für ihn; wenn ich mir weitere Kommentare abringe, wird er sehr schnell begreifen, dass ich von Musiktheorie wenig Ahnung habe. Eben gerade so viel Ahnung, wie man in vier Jahren Klavierunterricht mitbekommt.

»Liebe Dorothee,
ich war nicht sicher, ob Sie mir noch einmal schreiben würden. Um so mehr habe ich mich gefreut, als Ihr Brief mich erreichte.

Was Ihre Interpretation des letzten Satzes angeht, so werden wir hier wohl nicht zu einer Übereinstimmung gelangen. Jedenfalls war er von mir nicht als erlösende Symbiose, sondern eher kontrapunktisch konzipiert. Aber die Absicht des Komponisten ist eine und die Rezeption durch den Hörer eine andere Sache. Dabei spielt sicher auch die jeweilige Gestimmtheit des Hörers eine nicht unbeträchtliche Rolle. Ich finde es immer wieder interessant, vom Publikum zu erfahren, wie meine Musik »ankommt«, was sie im Zuhörer bewirkt. Solche Rückmeldungen sind wichtig für einen schöpferisch tätigen Menschen wie mich.

Zur Zeit arbeite ich an einer neuen Komposition. Ich tue mich ein wenig schwer damit, bin mir noch nicht im Klaren darüber, welches Gewicht der Anteil der Elektronik darin haben soll. Außerdem werde ich immer wieder durch allerlei Alltagsgeschäfte in der Arbeit unterbrochen.

Wenn Sie mögen, schreiben Sie mir wieder. Erzählen Sie ein

bisschen von sich. Sie wissen sicher durch die Medien so dies oder
das über mich. Ich weiß von Ihnen nur, dass Sie offenbar eine Frau
sind!

   Mit den besten Grüßen
   Konstantin«

Und was dann? Wenn er etwas über mich wissen will? Was
gebe ich preis von mir? Soll ich schreiben, dass ich fast 25 Jahre
jünger bin als er, dass ich als Bibliothekarin arbeite? Dann wird
er mich für ein langweiliges Gänschen halten und den Kontakt
abbrechen! Ich könnte ihm zu verstehen geben, dass ich das
Geheimnis, mein Geheimnis, wahren möchte. Weiterhin ano-
nym bleiben, einfach eine Frau, die ihm schreibt. Ach nein, das
wäre zu melodramatisch, wie in einem Groschenroman. Und
wenn er durch irgend einen blöden Zufall eines Tages doch da-
hinter kommt, wer ich bin, wäre das Theater, das ich um meine
Person gemacht habe, um so peinlicher.
   Am besten, ich schicke den Brief gar nicht erst ab.

»Liebe Dorothee,
   es hat mir gut getan, wieder von Ihnen zu hören. Ich stecke im
Moment in allerlei Schwierigkeiten, es gibt Probleme mit der Or-
ganisation der nächsten Konzerte – Sie wissen, ich dirigiere meine
Arbeiten am liebsten selber –, und da ist es nicht immer ganz ein-
fach, die Probentermine mit den Orchestern abzustimmen. Außer-
dem macht mir, wie ich Ihnen ja schon im letzten Brief angedeutet
hatte, meine neue Komposition zu schaffen. So war Ihr Schreiben
eine willkommene Abwechslung in all meinem Chaos!
   Sie sind also Bibliothekarin. (Wieso sagen Sie »nur«? Biblio-
thekarin ist doch ein durchaus ehrenwerter und, je nach Tätigkeits-
gebiet, auch interessanter Beruf.) Viel mehr haben Sie leider nicht
von sich offenbart. Ich weiß nicht, wie alt Sie sind, ob Sie einen

Ehemann und Familie haben, was Sie in Ihrer Freizeit gern tun. Außer – sich meine Musik anzuhören! Ihre Briefe sind so frisch und lebendig, es spricht auch Wärme aus ihnen; sie machen mich neugierig auf die Frau, die sie verfasst.

Also, berichten Sie mehr von sich!

Mit herzlichem Gruß

Konstantin«

Wenn er darauf bestünde, würde ich nicht umhin kommen, meine Anonymität, hinter der ich mich bis dahin so herrlich verstecken konnte, aufzugeben. Oder ich müsste den Kontakt abbrechen. Wie aber würde er darauf reagieren? Und möchte ich das überhaupt? Es wäre so schön, ihm nahe, ganz vertraut mit ihm zu sein. Er bedeutet mir so viel. Wie könnte ich da widerstehen, wenn er Interesse an mir bekundet? Aber was wird aus dem Interesse, wenn das Geheimnis gelüftet ist, wenn ein ganz normaler Mensch hinter der Briefschreiberin zum Vorschein kommt?

Was mach ich bloß mit diesem Brief? Schick ich ihn ab, zerreiß ich ihn?

»Liebe Dorothee,

nur eine kurze Nachricht heute. Nächste Woche Freitag werde ich in Köln zu tun haben. Ist am Nachmittag oder Abend ein Treffen mit Ihnen möglich, damit wir uns endlich kennenlernen (vor allem ich Sie!)? Im Briefkopf oben finden Sie sowohl Telefon- und Fax-Nummer als auch meine email-Adresse. Bitte lassen Sie mich umgehend wissen, ob Sie Zeit für mich haben, und geben Sie mir Ihre Telefonnummer. Ich werde Sie anrufen, wir können dann Zeit und Treffpunkt vereinbaren.

Ich bin sehr gespannt und freue mich.

Konstantin«

So, nun wäre es so weit. Wovon ich lange schon träume, es würde Wirklichkeit. Wie wunderbar das wäre! Aber – wenn es dazu käme... in welcher Aufmachung soll ich dann erscheinen? Elegant im schwarzen Kostüm mit weißer Seidenbluse? Vielleicht ein wenig zu konventionell. Auf den Fotos, die ihn außerhalb des Konzertsaals zeigen, ist er immer sehr lässig gekleidet. Das Beste wäre, ganz natürlich, Hosen und Pullover, so wie ich immer herumlaufe. Und schminken? Vielleicht ein ganz kleines bisschen, damit mein Gesicht nicht so fürchterlich nach gar nichts aussieht.

Ach ja, der Brief, der liegt noch da. Und ich weiß immer noch nicht, ob ich ihn abschicken werde.

»Liebe, liebe Dorothee,

der Abend mit Ihnen war zauberhaft. Lange schon habe ich mich nicht mehr so angeregt und intensiv unterhalten, eine so einfühlsame und wache Gesprächspartnerin gehabt. Ich habe jede Minute mit Ihnen genossen. Dorothee, ich glaube, ich habe mich ein wenig in Sie verliebt. Was sagen Sie dazu? Ist das schlimm? Im Vergleich mit Ihnen bin ich ja ein alter Mann! Aber vielleicht sind auch Sie mir – trotzdem – ein bisschen gewogen?

Ich möchte Sie sehr gern wiedersehen. Aber zur Zeit kann ich aus Hamburg nicht weg. Zu viele Dinge sind zu erledigen. Was halten Sie davon, ein Wochenende hier in Hamburg mit mir zu verbringen? Die Stadt ist wunderschön und interessant, in meinem großen Haus ist viel Platz, und der hübsche Garten, eigentlich mehr ein Park, wird Ihnen gefallen. Es würde mich glücklich machen, wenn ich Ihnen zwei erlebnisreiche Tage bereiten könnte. Und – wir könnten unser Gespräch fortsetzen.

Bitte geben Sie mir bald Bescheid, ob Sie Lust haben, mir ein Wochenende lang Gesellschaft zu leisten und sich von mir ein wenig verwöhnen zu lassen.

Ich hoffe sehr auf Ihre Zusage.
Herzlich
Konstantin«

Er hat sich verliebt, verliebt in mich! Ist es denn möglich? Ein Wunder! Ausgerechnet ich bin die Auserwählte. Ein Wochenende mit ihm – Traum, Seligkeit! Stadtbummel, Hafenrundfahrt, Essen in schöner Umgebung, romantische Abende im Garten, alles mit ihm zusammen. Vielleicht auch Zärtlichkeit, vielleicht auch... Und wenn daraus eine dauerhafte Beziehung würde...! Ich die Frau an der Seite von Konstantin Weishaupt. Ein Leben mit ihm, dem Traum aller Frauen. Konzerte, Reisen, Treffen mit berühmten Freunden, alle werden mich kennen, genau so wie ihn. Ja, die Frau an seiner Seite. Und wenn er arbeitet, werde ich dafür sorgen, dass er die nötige Ruhe hat, werde alles von ihm fernhalten und ihm jeden Wunsch von den Augen ablesen.

Ich muss ihn gleich anrufen.

»Mein Liebes,
wunderbar waren diese Tage und – Nächte, du hast mich sehr,
sehr glücklich gemacht. Ich war so lange allein und hatte ganz ver-
gessen, wie gut es ist, mit einem Menschen zusammen zu sein. Du
bist so lieb, so klug, so verständnisvoll. Und so herrlich jung! Zu-
sammen mit dir werde ich auch wieder jung. Meine Schöne, meine
Süße, ich liebe dich sehr.
Nun bin ich wieder allein. Du fehlst mir, am Morgen, wenn ich aus
kurzem, unruhigem Schlaf erwache, den ganzen Tag über, und dann
in der Nacht, mein Liebling, wenn ich vergebens nach deinem wunder-
vollen Körper taste. Du hast mir so viel Zärtlichkeit, so viel Leiden-
schaft gegeben. Nun liege ich schlaflos im Bett und träume von unseren
Nächten, von unseren zarten Berührungen und wilden Spielen.
Ich sehne mich so sehr nach dir und habe Mühe, mich auf meine

142

Arbeit zu konzentrieren. Erlöse mich von meinem Leiden, ich bitte dich. Komm zu mir und bleib bei mir, für immer, mein Engel. Du hast es versprochen.

Lass mich nicht lange warten, Dorothee, ich brauche dich. Und begehre dich.

Ich küsse jedes Fleckchen deines Körpers.

Konstantin«

Der Traum geht in Erfüllung. Er liebt mich. Er will mich für immer bei sich haben. Und ich liebe ihn. So lange schon. Wenn er das wüsste. Ja, ich werde zu ihm gehen, meinen ungeliebten Job aufgeben, meine Wohnung kündigen, mich von den wenigen Freunden verabschieden und in dieser Stadt im Norden nur noch für ihn da sein. Welches Glück! Oh, welch ein Glück!

Da liegt der Brief. Ja, ich werde ihn abschicken. Und auf Antwort warten, hoffen...

*

»Sehr geehrte Frau Hegemann,

für Ihr Schreiben dankt Ihnen Herr Weishaupt. Er ist immer erfreut, wenn er Reaktionen aus dem Publikum bekommt. Leider ist er auf Grund seiner vielfältigen terminlichen Verpflichtungen sowie der intensiven kompositorischen Tätigkeit nicht in der Lage, die Briefe, die er erhält, selbst zu beantworten. Deshalb hat er mich gebeten, Ihnen Dank zu sagen.

Mit guten Wünschen und freundlichen Grüßen

Claudia Angerbach

(Assistentin)«

SPÄTE LEIDENSCHAFT

Sie kannte ihn seit vielen Jahren. Ihr Sohn hatte ihn während des Studiums öfter mitgebracht, wenn er sie besuchte. Von Anfang an hatte sie freundschaftliche Zuneigung für ihn empfunden. Das war es aber auch schon. Für sie war er ein junger Mann wie andere auch. Ein Freund ihres Sohnes eben. Allerdings – und das unterschied ihn von manchen anderen – sympathisch, intelligent, nachdenklich. Mit ihm konnte man stundenlang gute Gespräche führen.

Sowohl er als auch ihr Sohn, beide standen sie inzwischen mitten im Leben, gingen auf die 50 zu, hatten Familie, waren eingespannt in ihre Arbeit, so dass die Treffen seltener wurden. Und noch seltener ergab sich für sie die Gelegenheit, den Freund ihres Sohnes zu sehen. Aber es gab sie. Von Zeit zu Zeit.

Es war ihr Siebzigster gewesen. Die ganze Familie, Kinder, Enkelkinder, Freunde und auch einige Freunde ihrer Kinder hatten sich um sie versammelt. Es sollte ein ganz besonderer Tag werden...

Zunächst verlief alles nach Plan. Das Wetter war freundlich, man saß im Garten, die Gäste sangen das obligatorische »Happy Birthday«, es wurde gegessen und getrunken, Gesprächsfetzen und Lachen verloren sich wie Vogelgezwitscher in den Bäumen. Die Enkelkinder hatten artig Selbstgemaltes und Selbstgebasteltes überreicht und tobten nun über den Rasen. Sie war in Hochform, genoss die gute Stimmung. Nichts Außergewöhnliches.

Der Freund des Sohnes war auch gekommen. Allein. Ohne seine Frau.

Ohne seine Kinder – eine Tochter und ein Sohn.

Flüchtig, aus dem Augenwinkel, hatte sie wahrgenommen, dass er, der sich zu ihrem Sohn und ihrer Schwiegertochter gesetzt hatte, sie beobachtete, ihre raschen Schritte zwischen Haus und Garten, ihr Lachen, ihre munteren Antworten auf die Scherze der Gäste verfolgte. Aber sie war viel zu beschäftigt gewesen, als dass diese vage Feststellung in ihre Gedanken vorgedrungen wäre.

Als schließlich alle mit Essen und Getränken versorgt waren, hatte sie sich zu den Gästen gesetzt. Erst jetzt war ihr sein suchender Blick aufgefallen, erst jetzt hatte sie ihn bewusst wahrgenommen. Er war nun nicht mehr auf ihre Bewegungen, ihre schlagfertigen Erwiderungen gerichtet. Seine Augen suchten ihre Augen.

Der lange, tiefe Blick traf sie wie ein Blitz. Mitten ins Herz, würde es in einem Groschenroman heißen. Aber etwas war dran an einer solchen Formulierung. Denn es ging etwas in ihr vor, das sie längst für abgeschlossen, für ein für alle Male erledigt gehalten hatte. Schließlich wandte sie die Augen ab, weil sie fürchtete, man könne ihr ansehen, was sich in ihr bewegte. Vermutlich war sie sogar rot geworden. Rasch erhob sie sich und flüchtete ins Haus, in die Küche. Dort, in dem durch die Vorbereitungen verursachten Chaos, blieb sie stehen. Verwirrt, fassungslos, schaute vor sich hin, zu keinem klaren Gedanken in der Lage.

Das war vor einem halben Jahr gewesen.

In den darauf folgenden Tagen hatte sie versucht, Gedanken und Gefühle in Einklang zu bringen. Immer wieder sah sie diesen tiefen Blick vor sich und fragte sich, ob er für ihn dieselbe Bedeutung gehabt hatte wie für sie. Vielleicht war es nur ein interessiert prüfender Blick gewesen. Vielleicht bildete sie sich Bedeutung auf seiner Seite nur ein. Das konnte leicht passieren, wenn einem etwas so viel bedeutete wie ihr dieser Augenblick. In diesem Fall bestand die Gefahr, sich lächerlich zu machen. Was ihr durchaus bewusst war.

Trotzdem verbrachte sie die Zeit von nun an fast ausschließlich mit Träumen. Der Tag begann mit ihm und endete mit ihm. Mit ihm wachte sie auf und mit ihm sank sie endlich erschöpft in den Schlaf. In der Zwischenzeit, in den Stunden zwischen Morgen und spätem Abend, begleiteten die Gedanken an ihn den Tagesablauf, führten zu Fehlleistungen und Vergesslichkeiten. Auch in den Nächten war er ständig gegenwärtig.

Was würde sie darum geben, ihn aus ihrem Kopf zu bekommen! Wirklich? War es nicht eher so, dass sie es genoss, ihn im Kopf zu haben. Ihn im Kopf, im Bauch, in allen Fasern ihres Körpers zu spüren? Mit seinem Bild vor Augen, in Träumereien versunken, ihrem glühenden Körper heiße Nächte zu bereiten.

Nach ihrer Scheidung vor fünfundzwanzig Jahren hatte es einige sehr viel jüngere Männer gegeben, die sie attraktiv fanden, sich heftig für sie interessierten. Bei manchen war sie auf ihr Werben eingegangen, hatte mehr oder weniger guten Sex mit ihnen. Es waren Erlebnisse von kurzer Dauer, ohne großen Gefühlsaufwand. Eine feste, dauerhafte Beziehung kam für sie damals nicht in Frage. Die hatte sie ja gerade mit allen unangenehmen Nebenerscheinungen hinter sich gelassen. Auf Seiten der Männer hatte es manchmal Enttäuschung gegeben, manchmal aber auch Erleichterung, dass sich die so viel ältere Frau nicht binden wollte.

Und nun, mit siebzig, spielten die Hormone verrückt, probten den Aufstand! Die große Liebe! Und der »Auserwählte« war ein Mann des Geburtsjahrgangs ihres Sohnes. Verrückt? Absurd? Wohl eher verwegen! Denn was umgekehrt – alter Mann und junge Frau – kaum Aufsehen, eher Bewunderung erregte, galt noch lange nicht für das Verhältnis: alte Frau und junger Mann. Diese Ungleichheit, dieses zweierlei Maß empörte sie. Schließlich war die neue Frau ihres Ex-Mannes auch nahezu fünfundzwanzig Jahre jünger als ihr Gatte, und niemand störte sich daran. Dagegen konnte sie sich lebhaft ausmalen, wie die Umwelt – Familie,

Freunde, Nachbarn, sogar Unbeteiligte – reagieren würde, wenn sie eine Liaison mit einem viel jüngeren Mann bekannt gab und öffentlich sichtbar machte.

Aber das stand im Augenblick gar nicht zur Debatte. Schließlich war das Objekt ihrer Begierde verheiratet und hatte Kinder. Und dann blieb da ja noch die große Frage, welche Bedeutung dieser tiefe Blick, den sie wieder und wieder vor sich sah, für ihn gehabt hatte. Im schlimmsten Fall gar keine!

Berühren wäre schön, streicheln wäre schön, wild und hemmungslos lieben wäre schön, Hand in Hand einschlafen wäre schön, Auge in Auge erwachen wäre schön. Dachte sie. Aber das alles wird es nie geben. Sagte sie sich – entschlossen, zutiefst überzeugt.

Das hinderte sie aber nicht, sich wunderbare, beglückende kleine Szenen auszumalen. Vertraute Gespräche mit ihm, zufällige Berührungen, die sie beide blitzartig trafen und so ihre Gefühle verrieten, tiefe Blicke, die dazu führten, dass sie sich schließlich in den Armen lagen. Alle diese Szenen endeten natürlich damit, dass er ihr seine Liebe gestand und dass sie brennend vor Leidenschaft ins Bett stolperten.

Tag für Tag wartete sie. Obwohl nicht so recht klar war, worauf. Auf einen Anruf? Auf eine E-Mail? Gar auf seinen Besuch? Es gab keinen Grund dafür. Es sei denn, der Blitz hätte ihn ebenso getroffen wie sie. Aber dann hätte er sich doch längst gemeldet. Oder? Vielleicht wagte er es nur nicht, der Mutter seines Freundes seine Gefühle zu gestehen. Zumal er ja nicht wissen konnte, wie es um sie stand.

Als nach einiger Zeit von ihm keinerlei Lebenszeichen gekommen war und die Sehnsucht sie zu zerreißen drohte, entschloss sie sich, die Sache selbst in die Hand zu nehmen. Sozusagen als Testballon.

Zu dieser Zeit lief in ihrer Stadt die Retrospektive eines

bedeutenden Malers, und da er sich schon in jüngeren Jahren für Kunst interessiert hatte – sie hatten damals, als er noch Student war und sie zusammen mit ihrem Sohn besuchte, oft lebhaft über Malerei und Literatur diskutiert – schrieb sie ihm eine E-Mail, in der sie von der Ausstellung schwärmte, an alte Zeiten erinnerte und vorschlug, sich für einen gemeinsamen Besuch des Museums zu treffen. Eventuell. Wenn er Zeit hätte. Und Lust.

Seine Antwort kam umgehend. Er schrieb, er habe die Ausstellung bereits mit seiner Frau angeschaut – im ersten Moment versetzte ihr diese Mitteilung einen Stich –, aber die Bilder seien so phantastisch, dass er sie gut und gerne ein zweites Mal bewundern könnte – das wiederum ließ sie aufatmen. Ob ihr Dienstag in einer Woche so gegen 15 Uhr passen würde. Treffpunkt vor dem Museum.

Sie konnte ihr Glück kaum fassen. Nachdem sie seine Mail mindestens ein Dutzend Male gelesen hatte, schloss sie die Augen und gab sich wilden Träumen hin. Wie sie sich schon beim Aufeinanderzugehen mit den Augen verschlangen, wie sie sich mühsam beherrschten, um einigermaßen unauffällig das Museum zu betreten, wie er irgendwann dann ihre Hand nahm (was sie beinahe völlig aus der Fassung bringen würde), wie sie nach der Ausstellung (die sie kaum wahrgenommen hätte) bei ihr zu Hause und dann (wie in jeder amerikanischen C-Produktion) einander die Kleider vom Leib reißend auf dem Bett landen würden.

Als sie wieder zu sich gekommen war, grübelte sie lange, was seine rasche Antwort zu bedeuten habe. Hatte er etwa darauf gewartet, dass sie sich meldete? Hieß das, er empfand – zumindest ähnlich – wie sie? Das wäre ja phantastisch! Aber möglich war auch, dass er gerade Zeit gehabt hatte, seine Post zu erledigen. Oder er hatte einfach gemeint, sie wolle schnell ihre Termine planen, und da wollte er sie nicht unnötig warten lassen. Eine Geste der Höflichkeit. Der Mutter seines Freundes gegenüber.

Na gut, im Moment konnte sie das nicht klären. Vielleicht brachte der Dienstag Aufschluss. Denn natürlich bestätigte sie den Termin ebenfalls umgehend.

Wie sie die Zeit bis zu jenem Dienstag verbracht hatte, wusste sie im Nachhinein nicht mehr. Jeder Tag war unendlich lang, wollte und wollte nicht enden, die Zeit stand still, selbst die Sekunden zogen sich in die Länge, nicht einmal Träumen half, die Stunden zu verkürzen.

Aber schließlich war es doch geschafft. Der Dienstag war da. Den ganzen Vormittag überlegte sie, was sie anziehen sollte. Hose oder Rock. Bluse oder Pullover. Welche Dessous. Sexy (knallrot) oder eher neutral (schwarz, lila). Es folgte Anprobe auf Anprobe. Am Ende entschied sie sich für lila Dessous (halb neutral, halb sexy), enge schwarze Hose und locker fallende Longbluse in Petrol. Die künstlich aufgehellten, halblangen Haare fönte sie so, dass sie locker wippten.

Ab Mittag stieg die Erregung auf einen nur schwer zu ertragenden Pegel. Grund- und ziellos lief sie durch die Wohnung, rückte hier etwas zurecht, wischte dort kurz über eine glatte Fläche, legte Dinge von einem Platz auf einen anderen, immer wieder ging ihr Blick zur Uhr.

Endlich, endlich konnte sie sich ins Auto setzen und sich in den hektischen Stadtverkehr einreihen. Konzentration war jetzt gefragt. Keine Träume am Steuer, bitte! Und die Erregung sollte auch ein paar Stufen heruntergeschraubt werden. Die Parkplatzsuche würde noch aufregend genug werden.

Und dann sieht sie ihn stehen. Vor dem Museum. Mit dem Rücken zu ihr. Er ist also schon da. Zu früh. Hat das etwas zu bedeuten? Konnte er es nicht abwarten, sie zu sehen?

Als er sich umdreht, sie entdeckt und langsam, mit einem Lächeln, auf sie zukommt, fühlt sie, wie Hitze in ihr aufsteigt, sie kann gerade noch denken ‚mein Gott, wie gut er aussieht!‘, dann ist alles Denken ausgeschaltet. Vielleicht einen Tick zu schnell geht auch sie ihm entgegen.

Lockere Umarmung, wie sie zwischen ihnen seit Ewigkeiten üblich ist, ein Ritual, das nie etwas bedeutet hat, das sie jetzt fast aus der Fassung bringt. Kaum wagt sie es, ihn anzusehen, um zu prüfen, ob auch für ihn diese Umarmung anders war als frühere Begrüßungen.

»Schön, dass du da bist«, sagt er lachend, »das war eine gute Idee mit der Ausstellung. Sie ist großartig, ich schaue sie mir sehr gern noch einmal mit dir zusammen an.«

Mit dir zusammen? Was meint er damit? War da ein warmer Ton in seiner Stimme?

»Lass uns reingehen«, setzt er das Gespräch fort. »Der Andrang ist zwar nicht mehr ganz so groß wie am Anfang, kurz nach der Eröffnung, aber an den Kassen gibt es immer noch Schlangen.«

Als er sie leicht an der Schulter berührt, um sie in Richtung Eingang zu dirigieren – eine Geste, die sie früher überhaupt nicht wahrgenommen hätte –, zuckt sie zusammen. Das hat er hoffentlich nicht bemerkt. Flüchtig schaut sie in sein Gesicht, nein, er hat den Blick geradeaus auf den Eingang gerichtet, ist in Gedanken wohl schon in der Ausstellung, hat sich bei dieser Berührung offenbar nichts gedacht. Oder starrt er nur deshalb so konzentriert auf den Eingang, wagt es nicht sie anzusehen, weil sein Blick ihn verraten könnte?

Eine Weile müssen sie in der Schlange warten. Schweigen breitet sich aus. Als sie endlich an der Reihe sind und er sein Portemonnaie zückt, wehrt sie ab: »Nein, nein, das ist meine Sache. Ich habe dich schließlich zu diesem Besuch verführt.«

Ist ihm aufgefallen, wie doppeldeutig das Wort »verführt« ist?

Nachdem sie die Karten von der freundlichen Frau an der Kasse erhalten hat und sie sich Richtung Einlass wenden, erklärt er lachend: »Es war nicht schwer, mich zu verführen. Du wirst es gleich selbst feststellen, die Ausstellung ist es wert, zweimal angesehen zu werden.«

Völlig unbekümmert nimmt er den Begriff »verführen« auf, wiederholt ihn, ganz sicher ohne Hintergedanken. Oder doch nicht? Spielt er damit ganz bewusst?

Die Ausstellung ist wirklich eindrucksvoll. Gut strukturiert, die wunderbaren Gemälde überlegt platziert. So richtig genießen kann sie sie allerdings nicht. Zu sehr ist sie von ihren Gedanken und Gefühlen abgelenkt. Sie hält sich dicht an seiner Seite, erwidert kurz bestätigend seine ab und zu geflüsterten Kommentare. Zur Erfüllung ihres Traums, er würde irgendwann zärtlich nach ihrer Hand greifen, kommt es nicht.

Schließlich stehen sie wieder vor dem Museum. Unschlüssig beide. Zum ersten Mal an diesem Nachmittag schauen sie sich an, direkt in die Augen. Lange hält sie das nicht aus, muss ihren Blick abwenden, um sich nicht zu verraten. Was hat in seinem Blick gelegen? Mehr als nur Freundlichkeit, die Sympathie, die seit jeher zwischen ihnen besteht? Sie weiß es nicht.

»Wollen wir noch irgendwo etwas trinken?«, fragt sie. Hoffentlich ist es ihr gelungen, ihrer Stimme einen sachlichen Ton zu geben.

Er zögert. »Eigentlich – na gut, für eine Tasse Kaffee oder ein Glas Wein wird die Zeit noch reichen.«

Was will er damit sagen? ,Die Zeit wird reichen.' Hat es eilig, nach Hause zu kommen? Oder hat er noch etwas anderes vor? Vielleicht erklärt er das, wenn sie irgendwo zusammensitzen.

Ganz in der Nähe hat vor kurzem ein neues Café eröffnet. Das wollen sie ausprobieren. Beide waren sie noch nicht dort.

In dem mittelgroßen Raum herrscht eine angenehme Atmosphäre. Die Einrichtung ist weder plüschig noch hypermodern, hat ein wenig vom Flair eines Pariser Cafés. Runde Tische mit

Messingeinfassung, zierliche Stühle. Allerdings, anders als in Paris, auf jedem Tisch eine kleine Vase mit einer Aster, einer echten.

»Kaffee oder Wein?«, fragt er munter, nachdem sie an einem der letzten freien runden Tische Platz genommen haben.

Sie schaut auf die Uhr, dann sagt sie, ebenso munter: »Gleich sechs, da könnte ich schon ein Glas Wein vertragen.«

»Ja«, bestätigt er lachend, »du hast Recht. Kaffeezeit ist vorbei. Um sechs kann man schon mal ein Glas Wein trinken.«

Nachdem die Serviererin nicht ganz so freundlich, wie man es in diesem Ambiente erwarten könnte, zwei Gläser mit einem trockenen Weißen vor ihnen abgestellt hat, herrscht Schweigen zwischen ihnen. Beide schauen sie sich scheinbar höchst interessiert im Raum um, vermeiden es, sich anzusehen. Fieberhaft überlegt sie, worüber sie mit ihm sprechen könnte, über die Familie?, aber die interessiert sie doch gar nicht, über seine Arbeit?, das wird ihn kaum amüsieren, mein Gott, das kann doch nicht so schwer sein, früher haben wir doch halbe Nächte mit Diskussionen verbracht. Vielleicht noch über die Ausstellung? Aber da haben sie sich doch schon beim Betrachten der Bilder im Flüsterton ausgetauscht.

»Wie bist du eigentlich auf die Idee gekommen, mir den Besuch der Ausstellung vorzuschlagen?«, fragt er plötzlich.

Auf so eine Frage ist sie nicht gefasst. Es war ihr überhaupt nicht in den Sinn gekommen, dass er diese Frage stellen könnte. Was soll sie antworten? Sie kann ihm ja wohl kaum den wahren Grund nennen. Oder doch? Vielleicht vorsichtig andeuten?

»Als ich dich an meinem Geburtstag wiedergesehen habe«, erwidert sie so lässig wie möglich, »habe ich an unsere früheren gemeinsamen Gesprächsabende denken müssen. Und als ich dann in diese Ausstellung gehen wollte, hatte ich Lust, dich zu fragen, ob du vielleicht mitkommen willst.« Hoffentlich hat er die Röte in ihrem Gesicht nicht bemerkt. »Einfach so«, fügt sie noch hinzu, »aber ich glaube, das habe ich schon in meiner E-Mail geschrieben.«

Hat er das als Erklärung geschluckt? »Ja, stimmt«, bestätigt er, »das hattest du geschrieben. Ich war nur überrascht, weil wir in den letzten Jahren nicht sehr viel Kontakt hatten.«

Was, zum Teufel, will er denn damit sagen? Dass er ihre Einladung abwegig gefunden hat? Oder dass er sie mit Freude gelesen hat? Was bedeutet für ihn »überrascht«? Das muss sie nun doch herausfinden!

»Wenn dir das unangenehm war, hättest du auch absagen können.« Gab es da einen kleinen beleidigten Unterton in ihrer Stimme?

»Nein, nein!«, wehrt er hastig ab. »Es war mir nicht unangenehm. Im Gegenteil. Es hat mich gefreut, von dir zu hören.« »Oder besser: zu lesen«, fügt er noch in leichtem Scherzton hinzu.

Irritiert schaut sie auf. Im Gegenteil! Es hat ihn gefreut!

Als sie wieder zu Hause war, fühlte sie sich erschöpft wie nach einem langen, anstrengenden Arbeitstag. Sie ließ sich auf ihr Bett fallen, mit leerem Kopf, ohne jeden Gedanken starrte sie eine Weile an die Decke.

Danach stellte sich ein Gefühl totaler Verwirrung ein, das sie erst in Zweifel stürzte und dann gleich wieder Hoffnung aufkommen ließ. Sie schloss die Augen und lauschte in der Erinnerung verzweifelt jedem Klang seiner Worte nach, versuchte mit nahezu krampfhafter Anstrengung, seine Mimik, seine Gesten, seine Blicke zurückzuholen, ohne dass ihre Bemühungen zum Erfolg führten. Es gelang ihr nicht, die Atmosphäre ihres Gesprächs noch einmal, nur noch ein einziges Mal wiederzubeleben, geschweige denn seine Bedeutung zu entschlüsseln. Wenn sie sich nur an die Worte hielt, ohne Nuancen in der Intonation zu berücksichtigen, war das Treffen zufriedenstellend verlaufen. Er hatte freundlich, fast ein bisschen mehr als freundlich mit ihr geredet. Anders als vor langer Zeit. Oder doch nicht? Hatte er auch früher auf diese Weise mit ihr gesprochen? Auf dieselbe, fast vertraute Weise? Schließlich kannten sie sich seit Ewigkeiten und hatten in ihren Diskussionen jeder so einiges von sich selbst preisgegeben, da blieb es nicht aus, dass Nähe entstand. Daraus Verliebtheit abzuleiten, war absurd, das musste sie – wenn auch widerwillig – vor sich selber zugeben.

Was spielte sich da eigentlich in ihr ab? Was wollte sie? Hatte sie tatsächlich die Absicht, ihn zu verführen, ihn für sich zu gewinnen? Und damit eine Familie zerstören? Er hatte nichts von Eheproblemen erwähnt, hatte überhaupt nichts von seiner Familie erzählt. Aber das hatte natürlich nichts zu bedeuten, es hatte sich als Thema einfach nicht ergeben, von der Familie zu sprechen.

Sie musste sich hüten, sich zur Stalkerin zu entwickeln. Denn wenn er nichts als Freundschaft für sie empfand, dann waren zu häufige Kontaktversuche einfach peinlich. Sie würde das Gegenteil von dem, was sie sich so sehnlich wünschte, erreichen. Er würde alle freundschaftlichen Gefühle für sie verlieren, sie nur noch als lästig empfinden, sie schließlich hassen.

Aber – um mich angemessen zu verhalten, begehrte etwas in ihr auf, müsste ich erst einmal wissen, was überhaupt er in mir sieht. Die Mutter seines Freundes, eine interessante Freundin aus alten Zeiten oder doch eine potentielle Geliebte? Solange ich nicht weiß, was er fühlt, kann ich nicht reagieren. Das muss ich doch erst einmal herausbekommen. Und dazu müssen wir uns einfach noch öfter sehen. Nur dazu. Wenn ich schließlich feststelle, dass es sich bei ihm einfach nur um oberflächliche Sympathie handelt, werde ich mich sofort zurückziehen. Da war sie sich ganz sicher.

In den nächsten Tagen versuchte sie – wenn auch meist

vergeblich – auf andere Gedanken zu kommen. Tagsüber war sie mit Schreiben – einer Kolumne für die große Tageszeitung, für die sie zwanzig Jahre lang als Redakteurin gearbeitet hatte – und allerlei Erledigungen und Verpflichtungen beschäftigt und somit abgelenkt. Da waren im Übrigen auch noch die Enkelkinder, die sie ab und an beaufsichtigte oder mit denen sie etwas unternahm.

Trotzdem weckte, auch tagsüber immer wieder einmal, der Gedanke an ihn ihr Begehren. Sie sah ihn dann vor sich, hochgewachsen, schmal, das gewellte braune Haar leicht verwuschelt, sehr dunkle blaue Augen, auffallend schöne Hände mit langen, schlanken Fingern (wie sie im Café festgestellt hatte), von denen sie sich wünschte, zärtlich berührt und wild gepackt zu werden. Am Abend, wenn sie allein war und zur Ruhe kam, wurde die Heftigkeit ihrer Leidenschaft fast unerträglich, denn die Erfüllung schien bis jetzt aussichtslos. So war abzusehen, dass sie bald wieder einen triftigen Grund für ein Treffen finden musste.

Was war mit ihr geschehen? War sie dabei, die eigene Mitte zu verlieren? Sie erkannte sich selbst nicht wieder. Sie, die eine ganze Reihe Prügel im Leben hatte einstecken müssen, sich aber nie hatte unterkriegen lassen, immer wieder selbstbewusst aufgestanden war und deshalb von Menschen, die sie kannten, fast bewundert wurde, sie machte sich klein und lächerlich wegen eines Mannes und vielleicht in Zukunft, wenn sie sich nicht zurückhielt, sogar vor diesem Mann.

Wer war sie denn? Sie hatte Angst, hinunterzusteigen in die dunklen Tiefen, in deren Nischen und Ecken Wünsche und Träume – und Wahrheiten! – lauerten, von deren Existenz sie lieber nichts wusste. Aber ihr war klar, dass sie weiter die Nähe dieses Mannes suchen würde, gar nicht anders konnte, so erniedrigend das für sie auch sein würde. Und unangenehm, lästig für ihn!

An ihren einsamen Abenden (früher hatte sie sie nie als einsam

156

empfunden, sondern das Alleinsein genossen) überlegte sie nun, welche gemeinsame Unternehmung sie ihm vorschlagen könnte. Einen Augenblick lang erwog sie ein Treffen zu dritt mit ihrem Sohn, um die alten Zeiten wieder aufleben zu lassen – lebhafte Diskussionen bei Wein und einem kleinen Abendbrot –, verwarf diese Idee aber sofort, denn ihr Sohn wäre zumindest erstaunt über diese Einladung ohne seine Familie und die seines Freundes und würde vielleicht ahnen, was der wahre Grund für das Treffen wäre. Auf keinen Fall wollte sie, dass jemand aus ihrer Familie von ihren Gefühlen erfuhr.

Sollte sie ihm vielleicht einfach eine E-Mail schreiben, fragen, wie es ihm ginge, noch einmal die wunderbare Ausstellung erwähnen, ein bisschen von sich erzählen? Nein, das wäre zu offensichtlich, fast schon plump. Was sollte er davon halten? So ein Palaver ohne Anlass, ohne Grund.

Sie war noch zu keinem Schluss gekommen, als eines Abends das Telefon klingelt. Nachdem sie den Hörer von der Station genommen und ihren Namen gesagt hat, muss sie sich erst einmal setzen.

»Hallo, Karin!«, sagt er, »wie geht's?«

LYRIK

APRILMORGEN

Kalt ist die Sonne der Frühe
feindlich und ohne Regung
zieht sie Wolken vor sich
und breitet eisigen Schauer.

Grün wird dunkel
hat Gänsehaut.

Töne der Straße
brechen sich kühl
an grauen Mauern.

In Pfützen
lässt ein Auto
Tropfenkaskaden regnen
und ein Junge rennt
mit blauen Beinchen
vorüber.

Ein Hund
mit hängenden Ohren
streift ziellos umher
missmutig verloren.

Dann und wann
fällt ein Tropfen von gestern
vom Dach auf das Pflaster
zerspringt in Fontänen
zersprüht ins Nichts.

SOMMERMITTAG

Sanfte Gräser
im blauen Schleier
die meinen Traum
erahnen.
Eingehüllt in
warme Unendlichkeit
lieg ich im Schoß
der Welt.
Von fernher Klänge
von einem Klavier
verwehte Sommerfetzen
erinnern mich
an Welten
die ich nicht kenne,
löschen Wirklichkeit
aus.
Bin nur noch Raum
grenzenlos
an nichts gebunden.

SOMMER OHNE ENDE

Sommer der nicht gehen mag
Tränen im grauen Auge
wendet er sich
und kehrt doch zurück
zu heiterem Spiel
neidet dem Laub
die Farbe
grün soll es bleiben
hüllt sich in
laue Wärme und
räkelt sich träge
endlos im
Blaubeermilchhimmel

HERBST

Bleiches Weiß
im hohen Blau
des Himmels.
In mildem Gold
verschmelzen Grün
und Rost und Purpur.
Eingehüllt
in träge Träume
schwebt die Welt
in müdem Vergessen
und erstirbt in
transparenter Harmonie.
Noch tuscheln und wispern
die Pappeln vom Sommer
doch schon mit
schütteren Häuptern.
Unter der Last
ihrer Früchte
sind Apfel- und Birnbaum
erstarrt.
Der Bauer holt
die Kartoffeln vom Feld.
Weizen und Roggen
und Gerste und Hafer
sind in der Scheune.
Er lächelt zufrieden
mit satten Augen
und rotem Gesicht
die Hand an der Hüfte.

Krähen verschlingen
die letzten Körner
aus kahlen Furchen.

Irgendwo
auf der Welt
verhungert ein Kind
und eins wird geboren
bestimmt zum Verhungern.

WINTER

Weiß so grell, dass der
Himmel schmutzig wird
darüber. Ausgestochen
von so viel Glanz
hängt er trauernd
über der Stadt
und regnet beharrlich
weiße Tränen.
Die Straße aber
fühlt mit dem Himmel.
Mit braunen Spuren
zerstört sie das Weiß.
Die Tage sind
schwer und dunkel.
Nur nachts
wird der Himmel hell
wie über einer
brennenden Stadt.

HEIMKEHR VON FREUNDEN

Von dieser Stadt
in diese Stadt
in der die Himmelsrichtungen
nicht mehr das Sagen haben.
Lindenscherenschnitte
auf Grau-Violett.
Stöckel zerschneiden
die Stille
Vögel antworten schon
noch verschlafen.
In meinen Kleidern
auf der Haut
die Wärme des Abends
mit Freunden.

(17. Juni 1990, Berlin)

ANGST

Einhüllen
möcht ich dich
in einen Mantel
von Wärme
und Zärtlichkeit
und die Angst
von dir nehmen
die Angst
zu sagen was du denkst
zu zeigen was du fühlst
zu sein wie du bist.

Den Sprung
möcht ich wagen
von meiner Insel
zu deiner
aber dazwischen
liegen die Wasser
der Angst
meiner Angst
und deiner Angst
die uns hindern
Einsamkeit
zu teilen.

AUF DER FAHRT

Wiesen frieren
und decken sich
mit weißer Wolle zu.

Bäume hüllen sich
in Milch und
die Straße rinnt
ins Grau des Himmels.

Kalte Sonne ist
im Nichts
zerschmolzen.

WENN DU FORT BIST

Wenn du fort bist
tropfen Stunden müde dahin
der Tag ist leer
wie ein verlassenes Haus
in dem die späte Sonne
ohne Wärme umhergeht.

Angst überfällt mich
wie das Dunkel
der Nacht
ob es dich
wirklich gibt
oder ob du ein Wesen
aus meinen Träumen
bist
das mit ihnen
in schwarzes Vergessen
sinkt
und niemals wiederkehrt.

Schlafen möcht ich
und träumen
und nicht mehr erwachen
wenn du fort bist.

HIMMEL

In schwarze Nacht
fall ich
und falle und falle.
Schwer lastet der
Himmel auf mir
tief und verschlossen
und ganz ohne Hoffnung.
Oder bin ich Himmel
mir selber
verhäng mir die Augen
mit trüben Wolken
und grauen Gespinsten?

ABENDGESICHT

Glutverwehter Abend,
tropfenschwer von Duft.
Weißt du mir zu sagen,
was so drängt und ruft?

Ist es jener grüne Hauch,
den wir Sehnsucht nennen?
Ist es jenes feine Licht,
das wir ahnen, nicht erkennen?

Graue Helle deckt die Glut,
sinkt in Purpur nieder,
und der Schleier breitet sich
übers Auge wieder.